UN PRÍNCIPE EN SU VIDA
JULIA JAMES

Editado por Harlequin Ibérica.
Una división de HarperCollins Ibérica, S.A.
Núñez de Balboa, 56
28001 Madrid

I.S.B.N.: 978-84-687-8508-0
Depósito legal: M-24687-2016
Impresión en CPI (Barcelona)
Fecha impresion para Argentina: 17.4.17
Distribuidor exclusivo para España: LOGISTA
Distribuidores para México: CODIPLYRSA y Despacho Flores
Distribuidores para Argentina: Interior, DGP, S.A. Alvarado 2118.
Cap. Fed./Buenos Aires y Gran Buenos Aires, VACCARO HNOS.

Prólogo

EL hombre de cabellos morenos sentado detrás del escritorio antiguo e iluminado por una lámpara con adornos dorados cerró la carpeta de cuero, la dejó encima del montón que tenía a su derecha y agarró otra carpeta, que abrió con impaciencia. *Dio*, ¿no se acababan nunca esos malditos documentos? ¿Cómo un lugar tan pequeño como San Lucenzo podía generar tantos papeles? Todo, desde las comisiones de los administradores a las resoluciones del Gran Consejo tenía que ir firmado por él y con su sello.

Los bien formados labios del príncipe Rico esbozaron una sonrisa. Quizá debiera alegrarse de que ese trabajo casi nunca le estuviera encomendado. Sin embargo, ahora que su hermano mayor, el príncipe heredero, estaba en Escandinavia asistiendo a una boda real en representación de la Casa de Ceraldi, su padre, el príncipe regente, encontrándose indispuesto, había tenido que recurrir a su hijo menor para realizar esas tareas de las que normalmente estaba excluido.

Un viejo resentimiento ensombreció los ojos de Rico. Excluido de cualquier intervención en el gobierno del principado; a pesar de ello, su padre siempre le echaba en cara la clase de vida que llevaba. Su sonrisa se hizo cínica. Su padre le reprochaba la fama de playboy; no obstante, sus actividades, tanto en el mundo del deporte caro, como las carreras de yates, o su inclusión en la jet society y en los dormitorios de sus más bellas mujeres, generaban una valiosa publicidad para San Lucenzo. Y teniendo en cuenta que gran parte de los ingresos del principado procedían de ser uno de los lugares preferidos de la jet, su contribución a la riqueza del principado no era desdeñable. Pero ni su padre ni su hermano mayor lo veían así. Para ellos, su estilo de vida solo atraía a los paparazzi y posibles escándalos.

No obstante, Rico era consciente de que la preocupación de su padre y su hermano, a veces, estaba justificada. Carina Collingham era un desafortunado ejemplo al respecto, aunque no podía haber sabido que le estaba mintiendo cuando la actriz de cine le dijo que ya le habían concedido el divorcio.

Además de su padre, su hermano Luca también le había censurado no haberse informado bien respecto a la vida de Carina antes de acostarse con ella.

—Pero al contrario que te ocurre a ti, conmigo ninguna mujer se cree especial —le había contestado Rico a su hermano–. Tú también tienes que tener cuidado, Luca. Me parece que Christabel Pasoni ha hecho planes y te incluyen a ti.

–Christa se da por contenta con la situación –le había respondido Luca–. Y no provoca escándalos que aparecen en la prensa.

–¡Eso es porque su padre es el propietario de la mayoría de lso periódicos! A propósito, ¿no podías pedirle que le dijera a su padrc quc dicra órdenes para que sus editores me dejaran en paz?

Pero Luca no se había mostrado comprensivo.

–No escribirían nada sobre ti si no tuvieran nada que escribir. ¿No te parece que es hora de que madures, Rico, y asumas tus responsabilidades?

La expresión de Rico se endureció.

–Si tuviera alguna, podría hacerlo –había contestado él antes de darse media vuelta y marcharse.

Bien, había querido tener responsabilidades y ahora las tenía: firmar documentos porque nadie más podía hacerlo en esos momentos.

Acababa de estampar el sello en uno de los documentos cuando sonó el teléfono.

No el teléfono del escritorio, sino su móvil, del que solo un pequeño número de personas conocía el número. Frunciendo el ceño, se metió la mano en el bolsillo de la chaqueta y contestó la llamada.

–Rico.

Reconoció la voz al instante y se le arrugó la frente aún más. Casi nunca que Jean Paul llamaba era para darle buenas noticias y mucho menos a esas horas de la noche; horas que, en su experiencia, los periodistas ya estaban acostados. Los mismos periodistas europeos interesados en con quién se acostaba él.

¿Podía ser que estuvieran causando más problemas respecto a su relación con Carina Collingham? ¿No estaban aún satisfechos?

–Bien, Jean Paul, dime la mala noticia –dijo él cubriéndose de valor.

El reportero, que también era el nieto de un conde francés venido a menos y uno de sus pocos amigos de la prensa, empezó a hablar. Pero lo que comenzó a contarle no tenía nada que ver con Carina Collingham. Y tampoco nada que ver con sus aventuras amorosas.

–Rico, se trata de algo relacionado con Paolo –dijo Jean Paul.

Rico se quedó muy quieto. Su mano, inconscientemente, se dobló en un puño.

–Si alguien piensa que va a desenterrar basura respecto a...

–Yo no lo llamaría basura, Rico –dijo el otro hombre en tono preocupado, interrumpiéndole–. Yo lo llamaría un problema. Un problema muy serio.

–Dios mío, Paolo está muerto. Hace cuatro años sacaron su cuerpo destrozado de un coche que era un amasijo de metal.

Sintió una punzada de dolor. Ni siquiera después de tanto tiempo soportaba la idea de la muerte de Paolo, el príncipe adorado y el hijo mimado de sus padres.

La noticia había destrozado a la familia. Incluso Luca había llorado en el funeral aquel fúnebre día.

Y ahora, años más tarde, un desaprensivo se atrevía a escribir cualquier infamia respecto a Paolo.

–¿Qué clase de problema? –preguntó Rico con voz gélida.

Se hizo una pausa, como si Jean Paul estuviera armándose de valor para decir lo que tenía que decir.

–Se trata de la chica que estaba con él en el coche cuando ocurrió el accidente…

Rico se quedó helado.

–¿Qué chica? –preguntó despacio, como si la sangre de su cuerpo se hubiera congelado.

Con voz titubeante, Jean Paul se lo dijo.

Capítulo 1

ES hora de que mi niño se bañe, ¿verdad? Está tan sucio que necesita un baño –dijo Lizzy empujando el cochecito a lo largo de la estrecha carretera a la caída del sol.

Los cuervos se encaramaban en las ramas de los árboles cerca de la cima de la colina y los últimos rayos del sol se desvanecían hacia el oeste, hacia el mar, a un kilómetro de allí. Era finales de primavera y el campo estaba salpicado de florecillas silvestres. El viento le revolvía el cabello, a pesar de que se lo había recogido en una coleta. ¿Pero qué le importaba su horrible pelo, las ropas compradas en las tiendas de segunda mano y su absoluta ausencia de atractivo? A Ben no le importaba eso y a ella lo único que le importaba en el mundo era Ben.

–No sucio, mamá, con arena –le corrigió Ben volviendo la cabeza en el cochecito.

–Sucio y con arena –dijo Lizzy.

A Ben tampoco le importaba que toda la ropa que llevaba y los juguetes con que jugaba procedieran también de las tiendas de segunda mano de aquel pueblo costero de Cornwall.

Tampoco era un problema que Ben no tuviera padre, al contario que la mayoría de los niños.

«Me tiene a mí y eso es todo lo que necesita», pensó Lizzy con decisión mientras seguía ascendiendo por la carretera y acelerando ligeramente el paso. Estaba oscureciendo. Pero Ben había disfrutado tanto en la playa, a pesar de hacer demasiado frío para bañarse, que se habían quedado allí demasiado tiempo.

La proximidad a la playa había sido una de las principales razones por las que Lizzy había comprado su pequeña casa once meses atrás, con el dinero de la venta de su piso en uno de los barrios periféricos de Londres, a pesar del mal estado de la casa. Pero era mucho mejor criar a un niño en el campo.

Su expresión se suavizó.

Ben. Benedict.

Bendito.

Eso era lo que su nombre significaba y era verdad. Bendito por haber nacido a pesar de las circunstancias y bendita ella por tenerle. Que ella supiera, ninguna madre podía querer a un hijo tanto como ella quería a Ben.

Ni siquiera una madre natural.

Sintió una punzada de dolor. María era tan joven. Demasiado joven para marcharse de casa, demasiado joven para ser una modelo, demasiado joven para quedarse embarazada y demasiado joven para morir. Para morir destrozada en un accidente de coche en una autopista francesa antes de cumplir los veinte años.

Los ojos de Lizzy estaban llenos de tristeza. María, tan bonita y encantadora. La chica de oro. La chica de rubios cabellos, ojos azules y sonrisa angelical. Su esbelta belleza había llamado la atención.

Sus padres se habían horrorizado cuando María, un día al volver del colegio, les anunció que alguien que reclutaba modelos se había dirigido a ella. Lizzy había acompañado a María cuando esta acudió a un estudio del centro de Londres para someterse a pruebas fotográficas. Las dos hermanas habían reaccionado de forma muy diferente respecto a la experiencia. María había quedado encantada, integrándose en aquel medio desde el primer momento; sin embargo, Lizzy no podía haberse sentido más incómoda, era como si estuviera contagiada de una terrible enfermedad.

Lizzy sabía de qué enfermedad se trataba. Lo sabía desde que al nacer su hermana, dos años después que ella, perdió importancia para sus padres. Su única misión en la vida era cuidar de María: acompañarla al colegio, esperarla a la salida de los clubes de los que María era miembro, ayudarla a hacer los deberes y ayudarla a preparar los exámenes. Aunque María, muy inteligente, no necesitaba mucha ayuda de ella, según se lo habían hecho saber sus padres; sobre todo, teniendo en cuenta que ella nunca había destacado en el colegio. Pero tampoco nadie había esperado que lo hiciera. Al igual que nadie esperaba que llegara a nada en la vida. Y por eso y porque ir a la universidad costaba dinero, ella no había ido, mientras que sus padres habían ahorrado para pagar los estudios universitarios de María.

Pero sus esperanzas se vieron truncadas cuando a María le ofrecieron trabajar como modelo.

—Bueno, podrías enviar a la universidad a Lizzy en mi lugar —había dicho María a sus padres—. Sabéis que siempre ha querido ir a la universidad a estudiar.

Pero era una idea ridícula. A los veinte años, Lizzy había sido demasiado mayor para volver a estudiar y no era excesivamente inteligente; además, sus padres necesitaban que trabajara en la tienda que tenían en la esquina al lado de su casa, en las afueras de Londres.

—Lizzy, márchate de casa —le había dicho María a su vuelta a casa tras la primera salida de viaje como modelo—. Te tratan como si no valieras nada. Ven a Londres conmigo, puedes vivir en mi piso. Es estupendo y podrás ir a muchas fiestas. Te ayudaré a cambiar de imagen y...

—No —le había contestado ella.

María lo había dicho de corazón. A pesar de las atenciones de sus padres hacia ella, jamás se había comportado como una niña mimada; y su personalidad cariñosa era tan radiante como su aspecto físico. Pero ella no habría podido soportar lo que María le estaba sugiriendo. La idea de ser la hermana fea y rellenita de María en un piso lleno de modelos le resultaba insoportable.

Pero debería haberlo hecho. Lo supo desde el momento en que recibió una llamada telefónica notificándole el trágico final de su hermana en Francia.

De haber vivido con María, ¿no se habría enterado de su aventura amorosa? ¿No habría sido capaz de impedirlo? Al menos, pensó con culpabilidad, se habría enterado de quién era la persona con la que su hermana tenía relaciones.

Lo que significaba que ahora sabría quién había dejado a María embarazada, pensó Lizzy mirando a Ben.

Pero no lo sabía y nunca lo sabría.

Lizzy continuó empujando el cochecito cuesta arriba; por fin, llegó a la curva tras la cual se encontraba su pequeña casa.

Al doblar la curva, con sorpresa, vio un coche con tracción a cuatro ruedas aparcado delante de su casa.

Sintió un súbito temor. Aquel lugar era muy tranquilo y seguro, en comparación con la ciudad; sin embargo, también ocurrían delitos y crímenes. Deslizó la mano por debajo de su chaqueta y agarró el teléfono móvil, dispuesta a llamar a la policía de creerlo necesario. Al aproximarse a la puerta de la valla del jardín, vio a dos hombres altos bajarse del coche; tras lo cual, avanzaron hacia ella. Se detuvo, justo al lado de la puerta de la verja, con en móvil en la mano.

–¿Se han extraviado? –preguntó Lizzy educadamente.

Ellos no respondieron, se limitaron a rodearla. Entonces, uno de ellos se dirigió a ella por su nombre:

–¿La señorita Mitchell?

La voz era profunda y con acento extranjero. No sabía de dónde. La oscuridad no le permitió distinguir bien los rasgos del rostro, solamente tuvo la impresión de un hombre alto, de ojos oscuros y algo más. Algo que no sabía qué era.

–Sí. ¿Por qué? –respondió Lizzy por fin.

Instintivamente, se interpuso entre el cochecito y los desconocidos.

–¿Quiénes son esos hombres? –preguntó Ben estirando el cuello para poder ver.

El hombre que se había dirigido a ella se aclaró la garganta.

–Tenemos que hablar con usted, señorita Mitchell. Del niño.

–¿Quién es usted? –preguntó Lizzy con voz casi estridente debido al miedo.

El otro hombre, más delgado y más mayor contestó:

–No se alarme, señorita Mitchell. Soy oficial de la policía y está usted completamente a salvo, se lo aseguro.

¿Un oficial de policía? Lizzy se lo quedó mirando. También este hombre tenía acento extranjero… y los ojos fijos en Ben.

–No son ingleses.

El primer hombre enarcó las cejas y contestó:

–Claro que no. Señorita Mitchell, tenemos mucho de que hablar. Por favor, tenga la amabilidad de dejarnos entrar en su casa. Tiene nuestra palabra de que está completamente a salvo.

El otro hombre, adelantándose, le abrió la puerta de la verja y le instó a recorrer el corto sendero que llevaba a la casa. Lizzy caminó con pies pesados y creciente tensión. Una vez en la pequeña entrada de la casa, le quitó a Ben el cinturón de seguridad, lo sacó del cochecito y se volvió a los hombres, que estaban en el umbral de la puerta.

Lizzy encendió la luz y sus ojos se detuvieron en el más joven de los dos desconocidos, que miraba a Ben fijamente. Lo primero que pensó era que se trataba del hombre más guapo que había visto en su vida.

Lo segundo que pensó fue que había un parecido extraordinario entre ese hombre y el hijo de su hermana.

Conmocionada, Lizzy ayudó a Ben a quitarse el abrigo y los zapatos; después, se quitó su chaqueta, cerró el cochecito y lo dejó apoyado en la pared. ¿Qué estaba pasando?, pensó con un nudo en el estómago.

–Ahí está la cocina –anunció Ben a sus visitantes, mirándolos con interés.

A Lizzy le resultó sofocante el calor de la cocina y le pareció mucho más pequeña con aquellos dos hombres en ella. Instintivamente, se colocó detrás de Ben mientras este se subía a una silla. Los dos hombres le miraban con intensidad. El miedo se intensificó en ella.

–¿Qué pasa? Necesito saberlo –dijo Lizzy por fin, rodeando el hombro de Ben con un brazo.

El hombre que se parecía a Ben le dijo al otro algo rápidamente y en un idioma extranjero. Italiano. Pero ella no sabía italiano.

–Si no le importa, el capitán Falieri cuidará del chico en otra habitación mientras nosotros… hablamos.

–No –respondió ella presa del pánico.

–El niño estará tan a salvo como si tuviera un guardaespaldas personal –dijo el hombre con voz cansada; luego, se dirigió a Ben–. ¿Tienes juguetes? Al capitán Falieri le gustaría verlos. ¿Podrías enseñárselos?

–Sí –respondió Ben dándose importancia.

El niño se bajó de la silla, miró a su tía y preguntó:

–¿Puedo ir?

Ella asintió, pero sus temores no se habían disipado.

–El niño está a salvo, no se preocupe. De momento, solo quiero hablar con usted sin que el niño nos oiga. Creía que se había dado cuenta de ello.

Había reproche en su voz.

Lizzy apartó los ojos de Ben, que estaba

guiando al otro hombre al frío cuarto de estar, y los clavó en aquel desconocido.

De nuevo, le preocupó el parecido de ese desconocido con Ben.

«¿Y si es el padre de Ben?» Se le hizo un nudo en el estómago. «Aunque sea el padre de Ben, no puede llevárselo. No puede quitármelo».

–¿A qué ha venido? –preguntó Lizzy sin más preámbulos, sin poder soportar más la situación.

–He venido por el niño, evidentemente. No puede continuar aquí.

Lizzy se quedó lívida.

–No puede llevárselo. No puede aparecer aquí, después de cinco años de concebirle, y llevárselo.

–¿Qué? –le espetó él, interrumpiéndola.

Lizzy se lo quedó mirando.

–Yo no soy el padre de Ben.

Un inmenso alivio la invadió.

–Soy el tío de Ben –añadió aquel hombre–. El padre era mi hermano, Paolo. Y, como usted debe saber, Paolo, al igual que su hermana María, está muerto.

Lizzy esperó a volver a sentir una oleada de alivio. El hombre que había dejado embarazada a su hermana estaba muerto; por lo tanto, no podía amenazarle. Ni siquiera suponía una amenaza para Ben. Debería sentir alivio.

Pero no fue así. Lo que sintió fue un profundo vacío y dolor.

Muerto. Los dos estaban muertos. Los dos

padres de Ben. De repente, la situación le pareció increíblemente triste.

—Yo… lo siento —dijo Lizzy con un nudo en la garganta.

Durante un momento, la expresión de los ojos de él cambió; fue como si ambos compartieran la misma emoción. Después, desapareció de repente.

—Yo… nunca he sabido quién era el padre de Ben —dijo Lizzy con voz débil—. Mi hermana no llegó a recuperar el conocimiento. Estuvo en coma hasta el momento del parto, y luego…

Lizzy se interrumpió. Miró a aquel hombre que tanto se parecía a Ben, al hombre que era el tío del niño.

—¿Conocía usted la existencia de Ben? —preguntó ella.

Él arrugó el ceño.

—Claro que no. Lo desconocía por completo. Y dadas las circunstancias de la muerte de sus padres, no es de extrañar; además, ni a usted le habían dicho quién era el padre. No obstante, gracias a la investigación llevada a cabo por un periodista y de la que me informó recientemente, se ha descubierto la existencia del niño. Y es por eso precisamente por lo que tiene que marcharse de aquí inmediatamente —el hombre apretó los labios momentáneamente—. Hemos tenido suerte al averiguar su paradero antes que los periodistas; pero si nosotros hemos podido encontrarla, ellos acabarán haciéndolo también. Lo que significa que tanto usted como el niño tienen que venir con nosotros. Ya tenemos preparada una casa en la que estarán a salvo.

–¿Qué periodistas? ¿De qué está hablando?

Él volvió a arrugar el ceño.

–No se haga la tonta. En el momento en que se descubra el lugar donde vive el niño, los periodistas aparecerán en manada. Deben marcharse de aquí inmediatamente.

Lizzy se lo quedó mirando sin comprender. Aquello era una locura. ¿Qué estaba pasando?

–No le comprendo. No comprendo nada. ¿Por qué iban a venir aquí periodistas?

–Por mi sobrino, claro está –respondió él con impaciencia.

–Pero… ¿por qué? ¿Qué interés pueden tener en Ben?

Él se la quedó mirando como si la considerase loca.

–Mi hermana no era una supermodelo –añadió Lizzy–. Acababa de empezar en esa profesión, no era conocida. Ningún periodista estaría interesado en ella. ¿Era él… alguien conocido en Italia? ¿Era un actor de cine o televisión? ¿Un deportista famoso? ¿Es eso?

Pero ese hombre seguía mirándola como si fuera marciana. De nuevo, Lizzy se vio presa de un profundo temor.

–¿Qué es? ¿Qué pasa?

–No puede ser –dijo él por fin–. No es posible.

¿Qué no era posible?, se preguntó Lizzy en silencio.

–No es posible que haya dicho lo que acaba de decir –la expresión de él había cambiado; ahora no la miraba como si estuviera loca, sino como si fuera un producto de su imaginación, como si fuera irreal–. Mi hermano era… Paolo Ceraldi.

–Lo siento, pero ese nombre no significa nada para mí –declaró Lizzy–. Quizá sea conocido en Italia, pero…

Los músculos de la mandíbula de él se tensaron. Sus ojos parecían dos pozos negros.

–Señorita Mitchell, no juegue conmigo. Ese apellido no le es desconocido. No puede serlo. Ni tampoco el nombre de San Lucenzo.

Lizzy frunció el ceño. ¿San Lucenzo?

–Ese lugar está… está cerca de Italia, ¿verdad? Es como Mónaco. Uno de esos principados de la Edad Media –dijo Lizzy con cautela–. Está por la Riviera, según creo. Un sitio donde vive gente rica. Sin embargo, lo siento, a mí no me dice nada el nombre de Paolo Ceraldi. Si era famoso allí, me temo que yo…

Él la miró con fría cortesía.

–La Casa de Ceraldi, señorita Mitchell, lleva ochocientos años reinando en San Lucenzo.

Se hizo un profundo silencio. Un silencio completo durante el cual Lizzy no pudo ni pensar.

Entonces, esa gélida y cortés voz resonó en la cocina:

–El padre de Paolo es el Príncipe Regente. Es el abuelo de su sobrino.

Capítulo 2

NO era verdad. No podía ser verdad. Lizzy echó la cabeza atrás y respiró profundamente. Después, con un gran esfuerzo, volvió a mirar al hombre que acababa de decir semejante estupidez.

—No es verdad. No es posible que sea verdad. Se trata de una broma. Es imposible. Tiene que serlo. No he comprendido lo que ha dicho.

—Será mejor que se siente —le dijo él en tono menos frío.

Ese hombre le había dicho que el padre de Ben era el hijo de... el hijo del príncipe de San Lucenzo. Pero también le había dicho que él era el tío de Ben, el hermano del padre de Ben. Lo que significaba que su padre era también...

Lizzy se lo quedó mirando fijamente. No era posible. Era imposible.

—Soy Enrico Ceraldi —declaró el hombre.

Lizzy se sentó por fin, dejándose caer en la silla pesadamente.

—¿En serio no sabía quién soy? —preguntó él casi con curiosidad.

–Naturalmente que no lo sabía –le espetó ella–. Yo… no le había reconocido. Por supuesto, he oído hablar de usted, es difícil no haber oído hablar de usted; pero no conocía su apellido, solo el nombre… y su título.

Lizzy volvió a ponerse en pie. La cabeza empezó a darle vueltas, pero lo ignoró y enderezó la espalda.

–Todo esto me resulta muy difícil. Supongo que lo comprende. Igual que supongo que comprende que tengo algunas preguntas que hacerle. Pero también… –Lizzy le mantuvo la mirada mientras hablaba con decisión–. También necesito tiempo para asimilarlo todo. Al fin y al cabo, es realmente increíble.

Le miraba directamente, negándose a apartar los ojos de él.

Largas y rizadas pestañas rodeaban sus oscuros ojos. Unos ojos acostumbrados a aparecer en las fotografías de las revistas del corazón.

«No le había reconocido. Aparece en montones de revistas y no le había reconocido. ¿Y por qué iba a reconocerle? ¿Y cómo iba yo a pensar que alguien como él aparecería aquí para decirme que Ben… que Ben es…?»

Volvió a sentirse superada por la situación. Era demasiado para ella.

–No puedo con todo esto. No puedo asimilarlo –dijo Lizzy en tono bajo.

Durante uno minuto, se quedó mirando a aquel hombre con la mente en blanco. El hermano del padre de Ben. El padre que había sido hijo del Príncipe Regente de San Lucenzo. Y este también era el padre del hombre que tenía delante.

Que, por lo tanto, era un príncipe.

—No puedo más —volvió a decir Lizzy.

Rico giró la cabeza mientras los reflejos de los faros de los otros coches en la autopista iluminaban el interior del coche.

Ella estaba dormida y también el niño. Tenían las manos unidas.

Rico apretó los labios y apartó los ojos de ellos, clavándolos de nuevo en la carretera. A su lado, Falieri conducía a bastante velocidad el cuatro por cuatro.

El hijo de Paolo, pensó Rico. El hijo de Paolo estaba en el coche. El hijo del que nadie de la familia había sabido nada.

¿Cómo podía haber ocurrido?

No cesaba de repetirse esa pregunta desde que Jean Paul le diera la noticia. Y, sin embargo, las fotos del desastre en el que su hermano Paolo había muerto mostraban a su acompañante, aún viva y visiblemente embarazada, de camino al hospital. Un hospital distinto al que llevaron el cadáver de Paolo.

Nadie había atado cabos. Nadie había relacionado a Paolo con aquella mujer en coma y embarazada.

La mujer no logró salir del coma.

La mujer no llegó a decir quién era el padre de su hijo.

Nadie había hecho preguntas... hasta que un periodista decidió investigar de nuevo la tragedia de la muerte de Paolo. Durante sus investigaciones, contactó con un bombero francés, que mencionó haber sacado del coche a una mujer. El periodista empezó a investigar por ese lado y, al final, juntó las piezas del rompecabezas: el príncipe Paolo Ceraldi, fallecido a los veintiún años, había dejado huérfano a su hijo.

Iba a aparecer en todos los medios de comunicación.

—Ve a por el niño —le había ordenado Luca.

Él le había llamado inmediatamente después de haber hablado con Jean Paul.

—Tenemos que encontrar al niño antes de que lo hagan los de la prensa —había añadido Luca—. Que Falieri se ponga en marcha ya mismo. Pero Rico, es fundamental dar la impresión de que nosotros no sabemos nada de este asunto. Si piensan que estamos intentando ocultarlo, aparecerá en la prensa mañana mismo. Entretanto, yo me pondré en contacto con Christa; su padre me debe un favor y voy a hacer que me lo pague; no va a negarse a publicar la historia, pero sí a retrasar su publicación. Nos dará tiempo, el suficiente para que Falieri se haga con el niño e impida que caiga en las garras de los periodistas.

Luca había hecho una pausa, tras la que añadió en tono burlón:

—Por una vez, Rico, parece que tus relaciones con los periodistas nos han sido de utilidad.

—Me alegro —había contestado él.

—Bueno, por fin vas a prestar un gran servicio a la familia —había concluido su hermano—. Yo no puedo ausentarme de esta boda; de hacerlo, levantaría sospechas. Cuento contigo, Rico. Pero... una cosa más, deja que yo le cuente a papá esto, ¿de acuerdo? Se lo tomará mejor si se lo digo yo.

Rico se había marchado inmediatamente, por eso no sabía cómo se había tomado su padre la noticia. Su imperativo había sido encontrar al hijo de Paolo, con la ayuda de Falieri.

Ahora, casi le parecía imposible que el hijo de su hermano estuviera durmiendo en el asiento posterior del coche.

«Debacle», lo había llamado Luca. Y él sabía que su hermano tenía razón. No quería pensar en lo que aparecería pronto en la prensa, a pesar de tener al niño con él. No obstante, también sentía un gran gozo. Ese niño, la viva imagen de su padre, era su sobrino.

De nuevo, volvió la cabeza y clavó los ojos en ella. Frunció el ceño. ¿Sería verdad que no le había reconocido? Le parecía increíble; no obstante, la sorpresa de esa mujer al descubrir su identidad no había sido fingida. Nunca antes había conocido a nadie que no supiera quién era él.

¡Y qué! ¿Qué podía importarle que aquella

joven no le hubiera reconocido? El hecho carecía de importancia. Ahora sí sabía quién era.
Solo eso importaba. Y una vez explicada la situación, ella lo había comprendido y había cooperado. Había cooperado en silencio, pero con
docilidad.

Ella había preparado bocadillos y bebidas
para Ben y para ella misma; mientras daba de
comer al niño, le había dicho que iban a correr
una aventura. Después, había subido las escaleras de la casa y había hecho el equipaje. Ben no
se había mostrado angustiado, solo curioso y
animado. Él había hecho lo posible por darle a
su sobrino una explicación que pudiera comprender.

–Yo… –había titubeado al principio, sobreco-
gido por la emoción–. Ben, yo soy tu tío y acabo
de descubrir que vives aquí. Así que te voy a llevar de vacaciones. Lo único es que tenemos que
marcharnos ahora mismo y viajar de noche.

Al parecer, aquello había sido suficiente.

Ben se había dormido al poco de entrar en el
coche y a su tía no le había llevado mucho más
tiempo dormirse también. De lo cual él se alegraba. Un coche no era el lugar indicado para
hablar de lo que tenían que hablar.

Al mirarla fijamente, no pudo evitar fruncir el
ceño al contemplar aquel rostro de mujer anodi-
no con cabellos rizados y nada favorecedores y
esa ropa tan insulsa.

No podía ser más diferente de María Mitchel.

Carecía completamente del atractivo de su hermana. María había sido una de esas rubias llamativas, alta y esbelta, de hermosos ojos azules y rostro en forma de corazón. No tenía nada de extraño que hubiera sido modelo. Las fotos de ella que Falieri había encontrado no dejaban lugar a duda del motivo por el que Paolo se había sentido atraído hacia ella.

Debían haber hecho una pareja impresionante.

Un profundo dolor volvió a apoderarse de él. *Dio*, los dos muertos, pero dejando atrás un secreto legado.

La mirada de Rico se dulcificó al volver a fijar los ojos en su sobrino.

«Te cuidaremos, no te preocupes. Estarás a salvo con nosotros».

Ben continuó durmiendo.

Lizzy empezó a despertarse y estiró el brazo por la ancha cama, tanteando. Ben estaba allí, menos mal. Durante unos momentos, dejó la mano encima de su hijo, aún profundamente dormido. Estaban en una casa que la familia de Rico había alquilado para ellos y cuya servidumbre procedía del palacio real de San Lucenzo, según le había dicho el capitán Falieri. Una casa a salvo de los periodistas a la que habían llegado en mitad de la noche. Los miembros del servicio se habían desplazado allí en un avión privado.

De nuevo, una sensación de irrealidad la envolvió.

«¿Qué va a pasar ahora?»

La pregunta le produjo un ataque de angustia.

¿Estaba allí aún el príncipe o se había ido con el capitán Falieri? Esperaba que se hubiese marchado. No se encontraba cómoda en su presencia.

Cambió de postura en la cama. ¿Cómo le llamaban? ¿El Príncipe Playboy? No se encontraba bien con él. Los hombres tan guapos la hacían sentirse fuera de lugar y avergonzada de sí misma.

Y un hombre tan guapo como el príncipe no podía sentirse cómodo con ella. Los hombres así siempre estaban rodeados de bellas mujeres, mujeres como María. Las mujeres sencillas y poco atractivas como ella no existían para ese tipo de hombres. Desde muy joven, sabía que era invisible para los hombres, al contrario de lo que le había ocurrido a María.

Decidió no seguir pensando en semejantes tonterías y centrar su atención en lo realmente importante: la identidad del padre de su hijo.

Y también en el tío de Ben, el príncipe Enrico Ceraldi.

No debía seguir allí. Estaba convencida de que habría vuelto al palacio. ¿Qué sentido tenía para él permanecer allí? Lo más probable era que el motivo de su visita personal a la casa de ella hubiera sido para ver si Ben se parecía a su padre.

Lizzy abrió los ojos y miró a su alrededor. La habitación era grande y, por lo que veía, parecía estar en una pequeña casa estilo Regencia; supuestamente, aislada con el fin de que los periodistas no pudieran encontrar a Ben. ¿Cuánto tiempo iban a tener que quedarse allí?, se preguntó angustiada. Cuando antes saliera todo a la luz, antes acabaría todo y Ben y ella podrían volver a casa.

Lizzy frunció el ceño. ¿Por qué el misterioso tío de Ben le había dicho al niño quién era? No le veía el sentido. Comprendía el motivo por el que la familia Ceraldi quería esconder a Ben durante un tiempo, pero no creía que hubiera sido necesario decirle nada al niño.

Ahora tendría que decirle a Ben que, aunque el príncipe Enrico era su tío, él vivía en el extranjero y por eso no volvería a verle.

No obstante, habría preferido ahorrarle el posible disgusto. A veces, Ben había preguntado por su padre, y todo lo que ella había podido responderle era que se trataba de alguien que había querido mucho a la mamá en cuyo vientre había crecido él, pero que esa mamá había estado demasiado enferma para decir quién era su padre.

De nuevo, pensó en lo increíble de la situación. Y del horror que sintió al ir a Francia donde, en la cama de un hospital, yacía su moribunda hermana; por ese motivo, no se había enterado de la muerte del príncipe más joven de San Lucenzo.

Sin embargo, ese príncipe había engendrado a

Ben. María había tenido relaciones con el príncipe Paolo de San Lucenzo y nadie se había enterado. Nadie en absoluto.

Era extraordinario, increíble. Pero era verdad.

«Tengo que aceptarlo. Tengo que asimilarlo».

Pero pasara lo que pasase, nada ni nadie iba a hacerle daño a Ben. Siempre le protegería. Nada en el mundo podía interponerse entre el hijo al que quería con todo su corazón y ella. Nunca.

Capítulo 3

BUENOS días.
Rico entró en el cuarto de estar. Ben estaba sentado en el suelo, en medio de la habitación, rodeado de las piezas de un juego de construcción. Su tía estaba a su lado.

—¿Qué estás haciendo? —le preguntó Rico a su sobrino.

—La torre más alta del mundo —anunció Ben—. Ven a verla.

En el momento en que sus ojos se clavaron en el pequeño, el corazón se le encogió. Los recuerdos le asaltaron. Se acordaba de Paolo a la edad que ahora tenía Ben.

Una sombra cruzó su semblante. Paolo era distinto a Luca y a él mismo. Ya de adulto, se dio cuenta de por qué. El primogénito era el heredero a la corona, como lo había sido su padre, el príncipe Eduardo. Durante ochocientos años, la familia Ceraldi había reinado en aquel principado, que había escapado a la conquista de los italianos y a otros imperios extranjeros. Incluso en esta época, en pleno funcionamiento de la

Unión Europea, el principado era un Estado soberano. Algunos lo consideraban una rareza histórica; otros, un lugar para evadir impuestos y un lugar de entretenimiento para los muy ricos. Pero para su padre y su hermano, San Lucenzo era su herencia, su destino.

Era una herencia que debía ser protegida a toda costa. Y lo que protegía a San Lucenzo era su continuidad. La continuidad de la familia que lo regentaba. En cierto modo, el principado seguía siendo el feudo de la familia Ceraldi; y, sin embargo, era debido a ello por lo que seguía siendo independiente. Rico lo aceptaba. Sin su familia el principado habría pasado a formar parte del Estado italiano.

La familia Ceraldi era fundamental para la supervivencia de San Lucenzo y, por eso, era esencial que el príncipe regente tuviera un heredero.

Y ese heredero, por si algo sucedía, debía tener un sustituto, pensó Rico apretando los labios.

Él mismo era el sustituto de su hermano.

Así había sido toda su vida, siempre consciente de ser un sustituto en caso de una emergencia con el fin de asegurar la continuidad de la dinastía Ceraldi.

Pero Paolo… Paolo había sido diferente. Él siempre había sido especial para sus padres por haber llegado inesperadamente. Era varios años más joven que los dos hijos mayores. Paolo no había tenido una función dinástica; por lo tanto, se le había permitido tener más libertad, ser un chico normal. Un chico encantador de buen carácter que se había ganado el cariño de su estricto padre y de su distante madre.

Por eso, su muerte prematura había supuesto una profunda y amarga tragedia.

Rico se agachó al lado de su sobrino, apenas advirtiendo la inmediata retirada de la tía. Sí, ese niño era el hijo de Paolo. No cabía duda. No hacía falta una prueba de ADN. Quizá hubiera heredado algo de su madre, pero era un Ceraldi.

Benedict. Ese era su nombre y ciertamente adecuado.

Bendito.

El corazón volvió a encogérsele. Sí, ese niño estaba bendito. Aún no lo sabía, pero así era.

E iba a ser el consuelo de sus abuelos por el hijo que habían perdido.

Lizzy se apartó y se sentó en un sillón. Al desayunar a solas con Ben, había supuesto que el príncipe Enrico se había marchado.

Ojalá lo hubiera hecho.

No se sentía cómoda en su presencia. Intentó no mirarle, pero le resultaba casi imposible ignorarle. Aunque no hubiera tenido sangre real, le habría seguido resultando imposible hacerlo.

De día le pareció aún más alto y su atractivo físico le hizo volver a mirarle. Llevaba pantalones vaqueros de diseño, de corte exquisito, y una camisa hecha a medida. Inmediatamente, fue consciente de lo mal vestida que ella iba en comparación. Su falda barata de saldo y la camisa probablemente costaban menos que el pañuelo de él.

Al menos, el príncipe Enrico apenas había reparado en ella, pensó Lizzy con alivio. Tenía toda su atención centrada en Ben y en la torre que le estaba ayudando a construir.

El resentimiento se apoderó de ella.

Ben estaba charlando relajadamente, sonriendo, sin rastro de timidez. En eso se parecía a María...

De nuevo, le pareció increíble que María hubiera tenido relaciones con el príncipe Paolo de San Lucenzo y que nadie se hubiera enterado. Ni siquiera sus respectivas familias.

¿Cómo lo habían conseguido? Paolo debía haber sido muy distinto a su hermano... y de carácter diferente. El príncipe «Playboy». Le miró unos segundos. Sí, tenía el físico para serlo: alto, anchas espaldas, bonitos cabellos y rasgos aristocráticos.

Y esos ojos.

Unos ojos oscuros con algún reflejo dorado, si se les miraba a fondo, rodeados de largas pestañas negras.

Apartó la mirada. No tenía importancia el físico de ese hombre. No tenía nada que ver con ella. Lo único que debía interesarle era cuánto tiempo iban a tener que permanecer allí Ben y ella antes de poder volver a casa.

Ben dejó de poner piezas en la supuesta torre y miró a su ayudante.

—¿Eres mi tío de verdad?

Inmediatamente, Lizzy se puso tensa.

—Sí —respondió el príncipe Enrico—. Puedes llamarme tío Rico. Tu padre era mi hermano. Pero murió. Murió junto con a tu madre en un accidente de coche.

Ben asintió.

—Yo todavía estaba en la tripa de mamá. Luego salí y ella murió.

Lizzy contuvo la respiración.

«Por favor, por favor, no digas nada respecto a la realeza. Por favor».

No tenía sentido que Ben lo supiera. Ninguno. No significaría nada para él. Algún día, cuando fuera mayor, ella tendría que decírselo; pero hasta entonces, no tenía importancia.

Con alivio, vio que Ben cambiaba de tema.

—Ya hemos terminado la torre —anunció el niño—. ¿Qué vamos a construir ahora?

Ben parecía dar por sentado que su tío iba a quedarse con él.

Pero el príncipe se levantó.

—Lo siento, Ben, pero no tengo tiempo. Tengo que marcharme dentro de muy poco y antes de hacerlo debo hablar con tu tía.

Rico lanzó a Lizzy una mirada. Ella se puso en pie y él la miró sin ninguna simpatía.

¿Cómo podía una mujer ser tan poco atractiva? Ni rostro, ni figura, y un cabello que era una maraña de rizos.

—Por favor, acompáñeme –dijo él caminando hacia la puerta.

Él entró en la biblioteca; cortésmente, sujetando la puerta para dejarla pasar. Rico se detuvo delante de la chimenea y ella se quedó en medio de la habitación.

—Será mejor que se siente.

Lizzy se puso aún más nerviosa.

¿De qué quería hablarle? Con suerte, le diría cuánto tiempo iban a quedarse allí Ben y ella. Esperaba que no fuera mucho. Quería volver a su vida normal y olvidarse de quién había sido el padre de Ben.

Lizzy se sentó en un largo sofá de cuero frente a la chimenea. El príncipe permaneció de pie.

—Espero que haya empezado a hacerse cargo de la situación. Reconozco que ha debido de ser una sorpresa para usted.

—Sigo sin poder creerlo –respondió Lizzy–. Parece imposible. ¿Cómo es posible que María conociera a un príncipe?

El príncipe Enrico enarcó las cejas.

—No es tan imposible como a usted le parece. Su hermana, como modelo, debió desenvolverse en los círculos que mi hermano frecuentaba.

Lizzy interpretó la expresión de él correctamente: María había vivido en un mundo completamente distinto al suyo.

–No obstante, ahora que es consciente de lo que pasa, debe saber que lo realmente importante es el bienestar de Ben.

Lizzy se puso tensa. ¿Acaso pensaba ese hombre que ella no lo sabía?

–¿Cuánto tiempo tenemos que quedarnos aquí?

–Es de suponer que la noticia saldrá en los periódicos y revistas cualquier día de estos –le informó el príncipe Enrico con voz dura–. Dudo que se pueda posponer mucho más. En cuanto al tiempo que hablarán de ello... En fin, depende de cuánto sepan los periodistas.

Los ojos de Lizzy echaron chispas. ¿Estaba insinuando el príncipe que ella iba a hablar con periodistas cuando volviera a su casa?

Pero el príncipe continuó hablando:

–Los periodistas compiten entre sí, cada uno intenta averiguar más que los demás; también buscan un «descubrimiento» exclusivo con el fin de continuar con la noticia todo el tiempo que puedan. Es basura.

Lizzy notó cierta amargura en su tono de voz. Era evidente que hablaba por experiencia. Durante unos segundos, sintió comprensión hacia él; después, rechazó aquel sentimiento. El príncipe Rico de San Lucenzo no se había visto forzado a desempeñar el papel de playboy; y si no le gustaba que los periodistas le persiguieran, no debería llevar la vida que llevaba.

–¿Cuánto tiempo tenemos que seguir aquí? –insistió ella.

–Tanto como sea necesario. Eso es todo lo que le puedo decir –la expresión de él cambió–. Hoy por la mañana vuelvo a San Lucenzo. Debo explicarle la situación a mi padre. Usted y mi sobrino se quedarán aquí. Naturalmente, no les faltará de nada; pero, por supuesto, no les está permitido salir, tienen que permanecer en la casa y los jardines.

Lizzy frunció el ceño.

–Supongo que no imaginará que quiero ponerme en contacto con los periodistas, ¿verdad?

–Eso da igual –respondió el príncipe en tono implacable.

Lizzy le miró. ¿Acaso la familia Ceraldi pensaba que a ella le estaba gustando vivir esa pesadilla? ¿Creían que no le importaba empeorar aquella situación ya difícil de por sí?

En cualquier casi, no tenía importancia que el príncipe Rico, o cualquier miembro de su familia, cuestionara sus intenciones. Por el momento, lo único que podía hacer era aceptar el hecho de que Ben y ella no podían estar en casa.

–No obstante…

El príncipe se interrumpió cuando, después de dar unos quedos golpes en la puerta, un hombre joven y de gran musculatura asomó la cabeza y le dijo algo en italiano. El príncipe asintió y luego se volvió de nuevo a ella.

–Acaban de decirme que mi avión está esperándome. Discúlpeme, debo marcharme.

Lizzy le vio alejarse. Era frustrante no saber cuánto tiempo tenía que seguir allí; pero, al parecer, ni la familia real de San Lucenzo sabía lo que iban a hacer los de la prensa ni cuánto tiempo hablarían los periódicos de la noticia.

Regresó al lado de Ben, a la habitación contigua. El niño no había acusado el cambio negativamente y no parecía preocuparle su forzado aislamiento.

Ben continuó igual durante los días siguientes. Nadie les molestaba. El capitán Falieri también había desaparecido y ella no vio a nadie más en la casa, a excepción del personal de servicio.

Llevaban una vida tan normal como les era posible. Ella jugaba con Ben como de costumbre, le leía cuentos y se bañaba con él en la piscina cubierta.

Inevitablemente, Ben le hizo preguntas respecto al hombre que le había dicho que era su tío.

—¿Adónde ha ido? –preguntó Ben.

—A Italia –le respondió ella–. Vive allí.

—¿Va a volver?

—No lo creo, Ben.

En silencio, maldijo a ese hombre. ¿Por qué le había dicho a Ben que era su tío?

Ben frunció el ceño.

—¿Y el capitán Falieri? ¿Va a volver? Ha jugado conmigo.

Lizzy negó con la cabeza.

—No creo que vuelva, Ben. Él también vive en Italia –Lizzy cambió de conversación intencionadamente–. Y ahora, ¿te parece que tomemos el té?

Ben la miró.

–¿Es esto un hotel, mamá, donde te preparan la comida?

Ella asintió.

–Algo parecido.

–Me gusta estar aquí –declaró Ben con decisión–. Me gusta la piscina. ¿Podemos bañarnos en la piscina después del té?

–Ya veremos –respondió Lizzy.

Rico estaba junto a una de las ventanas de sus aposentos en el palacio. La ventana tenía vistas a la marina, con sus yates iluminados y elegante paseo marítimo. Los aposentos que en el pasado ocupara Paolo tenían vistas semejantes.

Sus ojos se ensombrecieron al pensar en el hijo de Paolo en Inglaterra. La mujer que le cuidaba ni siquiera sabía quién era. Parecía increíble.

El hijo de Paolo.

Lo había reconocido al instante y se lo había dicho a Luca.

–No será necesario que le hagan pruebas de ADN –le había dicho a su hermano.

–De todos modos, se van a hacer. Sí es necesario.

Rico se había encogido de hombros. Lo comprendía, pero también sabía que cuando su familia viera a Ben iban a darse cuenta al instante de que aquel niño era el hijo de Paolo.

–¿Y su tía? ¿Cómo ha reaccionado? –le había preguntado Luca.

–Se quedó perpleja, como es natural. No sabía nada de nada –no le había dicho a su hermano que ella no logró reconocerle. Luca lo habría encontrado chistoso.

–Supongo que no se cree la suerte que tiene. Se le ha solucionado la vida –había comentado Luca en tono cínico.

Rico frunció el ceño al recordar aquel comentario de su hermano. La tía de Ben solo había mostrado incredulidad, nada más. E incluso temor por lo que pudiera pasar.

También recordó cómo Luca había agarrado una de las fotos de María Mitchell, en la que aparecía desfilando en una pasarela, que Falieri les había procurado.

–¿Una bonita rubia como su hermana? –había preguntado Luca en tono casual.

–En absoluto. Es increíblemente insulsa –le había contestado él.

Su hermano se había echado a reír.

–Bueno, mejor, así los periodistas no se interesarán en ella.

Alejó de su mente la conversación con su hermano y pensó en la breve entrevista que había mantenido con su padre. En ella, su progenitor había expuesto claramente sus deseos. Y sus instrucciones.

–Vas a ser tú quien se encargue del asunto –le había dicho su padre.

Rico hizo una mueca. No era un cumplido. Como Luca había observado:

—Tienes que ser tú, Rico. Eres el único que puede ir y venir a su antojo. Además... tú eres el experto en lo que a las mujeres se refiere. Quizá sea una suerte que la tía del niño no sea atractiva.

Rico se apartó de la ventana. A él no le importaba en absoluto la tía de su sobrino.

Solo su sobrino.

La noticia del hijo de Paolo Ceraldi apareció en la prensa a la mañana siguiente. La exclusiva, aparecida en un periódico francés perteneciente a la prensa amarilla, se extendió como la pólvora.

Lo único que se podía hacer era ignorarlo. Su padre ordenó una política de silencio y continuar como si no pasara nada. La vida pública de la familia real no sufrió alteraciones. Su madre, como de costumbre, continuó yendo a la ópera, al ballet y al teatro; su padre seguía con sus tareas cotidianas y Luca con las suyas.

Rico, por su parte, fue al sur de África para participar en un rally como solía hacer todos los años por esa época.

«Sin comentarios» se convirtió en las dos únicas palabras con las que respondía en una docena de idiomas a las preguntas de los periodistas durante las metas volantes, deseoso de volver a sentarse al volante.

Pero había otra cosa que deseaba hacer: volver a estar con su sobrino. Contaba los días.

Capítulo 4

LIZZY entró en el comedor para desayunar y, de repente, se quedó inmóvil. El príncipe Enrico estaba sentado a la mesa.

A su lado, Ben dio un grito de alegría.

—¡Tío Rico, has vuelto!

Él se puso en pie.

—Naturalmente. He vuelto solo para verte.

Ben sonrió.

—¿Vas a jugar conmigo?

—Después del desayuno. ¿Quieres nadar más tarde?

—¡Sí!

—Estupendo. Pero, primero, vamos a desayunar. ¿De acuerdo?

El príncipe esperó educadamente a que ella se sentara a la mesa, con Ben a su lado, antes de volver a sentarse.

Lizzy observó a Ben mientras este charlaba con su tío. Cada vez se sentía más nerviosa. Él debía haber llegado la noche anterior, tarde, porque ella no había oído nada.

—¿Algún problema?

Aquella voz con acento tenía un tono frío. Lizzy se dio cuenta de que el príncipe Enrico la estaba mirando.

–¿Por qué está usted aquí? ¿Ha ocurrido algo? ¿Algo peor?

El príncipe frunció el ceño.

–Quiero decir… peores noticias –insistió ella.

–No, solo lo que esperábamos. ¿Ha visto la televisión?

–No, no tenía ganas. Pero si no ha ocurrido nada fuera de lo esperado, ¿por qué está usted aquí?

Él la miró con expresión ilegible.

–Estoy aquí porque me lo ha ordenado mi padre. Y por motivos que deberían resultarle obvios, señorita Mitchell –respondió el príncipe con voz tensa.

–No le comprendo.

El príncipe apretó los labios y la miró con gesto impaciente.

–Hablaremos de esto más tarde –el príncipe volvió a centrar la atención en su sobrino, ignorándola.

Despreciándola.

La angustia y la tensión se apoderaron de ella.

No sabía cómo estaba logrando desayunar. No podía relajarse y, aunque sabía que era deplorable, agradecía a Ben que estuviera acaparando la atención del príncipe.

En el momento en que Ben terminó, ella se puso en pie.

—Vámonos, Ben —dijo Lizzy.

—El tío Rico ha dicho que vamos a nadar —protestó Ben.

—No nada más terminar de desayunar, tienes que hacer la digestión —dijo ella con voz queda—. Además, tienes que lavarte los dientes.

Lizzy le condujo hacia la puerta. Cuando llegaron al amplio vestíbulo, el estómago le dio un vuelco. Y ahora… ¿qué? ¿Por qué había ido el príncipe allí? ¿Y por qué tenía que resultarle a ella evidente? No comprendía nada. Nada. Lo único que quería era que pasara todo y volver a casa con Ben.

Después de que Ben se lavara los dientes, volvieron al cuarto de estar donde se estaban los juguetes del niño.

El príncipe Enrico se les había adelantado. Ella se puso tensa nada más verle.

—Tienes unas vías de tren muy buenas, Ben —dijo su tío.

Ben se acercó al trote.

—Tengo más en casa, pero no me he traído todas las piezas. Y también tengo más vagones en casa. Pero te voy a decir cómo son estas que tengo aquí.

El niño se sentó al lado de las vías y empezó a darle todo tipo de explicaciones al príncipe, que estaba sentado en el suelo junto a Ben.

Bruscamente, Lizzy apartó los ojos del tejido de los pantalones de corte perfecto que cubrían las musculosas piernas del príncipe.

«¡Oh, Dios mío, como si no fuera suficiente con ser un príncipe!»

Lizzy agarró su libro, intentó concentrarse en la lectura y no lo logró.

Después de lo que le pareció una eternidad, Ben se puso en pie.

–¿Podemos ir ya a nadar?

Aliviada, Lizzy se puso en pie.

–Buena idea. Vamos a por tu bañador –ella asintió mirando al príncipe, que se puso de pie cuando ella lo hizo.

Lizzy se marchó con Ben. Pero para desgracia suya, cuando bajaron de nuevo a la piscina, el príncipe ya estaba en el agua.

–Ah, Ben, ya estás aquí –dijo el príncipe–. Vamos, métete en el agua.

Lizzy se lo quedó mirando con horrorizada fascinación. Tenía un cuerpo perfecto.

Apartó los ojos de él. Ben se estaba quitando la ropa a toda velocidad. Apretando los dientes, ella le puso los flotadores en los brazos.

–Vamos, date prisa –le dijo Ben.

En el momento en que tuvo los flotadores colocados, echó a correr y se tiró al agua.

Con movimientos torpes, Lizzy recogió la ropa de Ben y fue a sentarse en una de las hamacas a lo largo de una pared de cristal.

Se acomodó en la hamaca, tenía calor. Sentía las mejillas encendidas mientras miraba a Ben en el agua.

El príncipe parecía ridículamente entusiasmado entreteniendo a un niño de cuatro años. Ella sintió resentimiento e ira. ¿Por qué estaba haciendo eso el príncipe Enrico? Lo único que iba a conseguir era alterar a Ben. Iba a hacerle desear cosas que no podía tener.

«Ben no tiene un padre. Ben no tiene un tío. Ben no tiene a nadie... excepto a mí».

No era justo hacerle ver lo que podía ser tener un padre. Un padre que jugara con él y le dedicara tiempo.

Un padre que le hiciera reír como estaba riendo en esos momentos.

«Quiero irme a casa. Lo único que quiero es irme a casa. Quiero que todo esto termine. Olvidarlo».

Rico sacó a Ben del agua y miró a la tía del niño, sentada en la tumbona. El sol le había enrojecido el rostro y tenía peor aspecto que nunca. Su piel era como la leche cortada.

Sentía pena por esa mujer tan poco atractiva.

Salió de la piscina sin esfuerzo, agarrándose al borde y levantándose a pulso. La tía estaba secando a su sobrino. Él se dirigió a una de las cabinas para cambiarse.

Apretó los labios con resolución. Cuanto antes zanjara aquel asunto, antes podría volver a San Lucenzo, que era lo que quería.

De una cosa estaba contento, de estar con Ben.

El hijo de Paolo.

«Paolo, te prometo que me aseguraré de que el niño esté bien».

El almuerzo había resultado ser tan incómodo como el desayuno. Una vez más, Ben lo había hecho más llevadero debido a la interminable charla que había mantenido con su tío. Ella se había limitado a intentar comer algo, a pesar de resultarle muy difícil.

¿Qué había pasado? ¿Por qué había regresado el príncipe Enrico? Le había dicho que quería hablar con ella, pero más tarde. ¿Cuánto iban a tardar en tener esa conversación?

Fue después del almuerzo. Cuando salieron del comedor, el príncipe se dirigió a ella.

—Deje a Ben con los juguetes y reúnase conmigo en la biblioteca.

—Ben duerme la siesta después de comer. Bajaré cuando se haya dormido.

El asintió y ella, hecha un manojo de nervios, subió a Ben a la habitación.

Cuando el niño se hubo dormido, Lizzy bajó a la biblioteca y encontró al príncipe allí, esperándola. Encima de una mesa baja había montones de periódicos italianos e ingleses. Él estaba en un sillón de cuero leyendo *The Times*.

—Siéntese, por favor —dijo él con voz fría.

Lizzy se sentó, sentía un nudo en el estómago.

—Como seguramente comprenderá, tenemos

que solucionar el asunto del futuro de mi sobrino.

Lizzy le miró fijamente.

–¿Qué quiere decir?

Una chispa de irritación apareció en los oscuros ojos del príncipe, pero la contuvo.

–Entiendo que le haya conmocionado enterarse de quién era el padre de Ben –dijo él con cuidado, hablándole como si fuera tonta–. No obstante, le ruego piense en las implicaciones de este hecho. Al igual que usted, nosotros tampoco sabíamos que Paolo tuviera un hijo. Ahora que lo sabemos, es necesario que se den los pasos adecuados para rectificar la situación.

Ella se lo quedó mirando sin comprender.

–¿Rectificar? –repitió Lizzy.

–Naturalmente. A partir de ahora, Ben vivirá en San Lucenzo.

Lizzy se estremeció de pies a cabeza.

–No.

La respuesta fue instintiva. Automática.

Vio tensarse las facciones del príncipe. Luego, en su expresión vio incredulidad.

No le importaba. No le importaba nada… excepto refutar lo que le había oído decir.

La expresión del príncipe volvió a cambiar, estaba haciendo un visible esfuerzo. De nuevo, se dirigió a ella como si fuera tonta.

–Señorita Mitchell, ¿en serio no comprende el cambio de circunstancias en la vida de Ben? –le dijo en tono paternalista–. Es inconcebible que el hijo huérfano de mi hermano viva en otro lugar que no sea su propio país.

Lizzy clavó los ojos en él.

—No puedo creer que diga eso. Ben y yo nos vamos a casa, a Cornwall, tan pronto como podamos. Y cuanto antes mejor.

Vio cómo el semblante de él endurecía.

—Eso ya no es posible —declaró el príncipe en tono implacable.

—¿Qué quiere decir con que no es posible? —preguntó ella alzando la voz—. Ben y yo vamos a volver a casa. Y no hay más que hablar.

—San Lucenzo va a ser la casa de Ben.

—¡De eso nada!

Esos ojos oscuros de largas pestañas se clavaron en ella.

—Señorita Mitchell, ¿por qué se empeña en decir tonterías? No hay forma de volver atrás. ¿Es que no lo comprende? Su sobrino no puede seguir con la vida que usted le estaba proporcionando. Debe vivir en su país.

—Eso es ridículo. Absurdo —respondió Lizzy con vehemencia—. Entiendo que para usted y su familia esto haya sido una pesadilla y lo siento por ustedes. En realidad, si hay algo que me dé pena de los miembros de la realeza, es que sus vidas privadas sean tan públicas, incluso cuando no buscan publicidad. En cualquier caso, la presencia de Ben en San Lucenzo solo conllevaría más molestias para ustedes. ¿Por qué su familia puede querer tener en su seno al hijo ilegítimo de su hermano, al hijo nacido de una aventura amorosa de su hermano con mi hermana? Escuche, si lo que le preocupa es que yo pueda dirigirme a algún periódico en el futuro con esta historia, estoy dispuesta a firmar un contrato que me lo prohíba o lo que sea. Lo único que quiero es que Ben tenga una infancia feliz y normal. Normal.

El príncipe la estaba mirando fijamente. A Lizzy le habría gustado que dejara de hacerlo. No solo porque los ojos de él eran los ojos más extraordinarios que había visto en su vida, sino porque la miraba como si estuviera viendo a un extraterrestre.

El príncipe, enfadado, lanzó una retahíla de palabras en italiano, incomprensibles para ella. Luego, como si estuviera haciendo un esfuerzo monumental, volvió a dirigirse a ella en inglés.

—No parece comprenderlo. Mi hermano no tuvo una aventura amorosa con su hermana.

—Pero... usted acaba de decir que...

Él alzó una mano, interrumpiéndola.

—Se casó con ella.

Lizzy se quedó boquiabierta. Por fin, cerró la boca de nuevo antes de decir:

—¿Que mi hermana se casó con su hermano?

—Sí. El día anterior al accidente. He visto el certificado de matrimonio. Es... completamente legal. Al parecer, el apellido Ceraldi también le era conocido al juez.

Lizzy se puso en pie y lo miró sin verle.

–No puedo creerlo.

Si su hermana se había casado con un príncipe, y el padre de este príncipe era el príncipe regente de San Lucenzo, significaba que Ben...

Volvió a sentarse. Las piernas no la sostenían.

–No es verdad. No puede serlo. Por favor,
que no sea verdad –dijo ella con voz queda.

Rico la miró fijamente. No podía haber dicho
en serio lo que acababa de decir. No podía ser.
Sobre todo, tratándose de una mujer en su situación. Acababa de enterarse de que su sobrino era
un príncipe y... ¿ella quería que no fuera verdad?

Rico respiró profundamente.

–No es motivo de broma. Y ahora que ya lo
sabe, debe darse cuenta de que Ben tiene que vivir en su propio país, con su familia.

De repente, salieron chispas de los ojos de
ella.

–No me importa en absoluto. Por mí, como si
Ben es el rey de Siam. Yo no voy a permitir que
se le saque de su casa y de su vida. ¿Y qué si es
hijo legítimo de su hermano? Su hermano Paolo
era el menor, así es que Ben no es heredero al
trono ni nada.

Rico estaba a punto de estallar. La reacción
de esa joven era incomprensible. ¿Era tonta?
Tendría que explicárselo lo más claramente posible.

–Un príncipe de la casa Ceraldi no puede
criarse en un país extranjero como una persona

común. Debe estar bajo el cuidado de su familia...

—Yo soy su familia.

—Usted es su tía, nada más. Le agradezco todo lo que ha hecho por cuidar del hijo de mi hermano y...

La estridente voz de ella volvió a interrumpirle:

—Yo tengo la custodia de Ben. Él es responsabilidad mía única y exclusivamente.

Rico hizo un gran esfuerzo por contenerse.

—En ese caso, como responsable legal de Ben, querrá lo mejor para él, ¿no? Y resulta evidente que a Ben le interesa criarse en el seno de la familia de su padre —dijo Rico con sarcasmo—. ¿O es que supone que es más apropiado para el hijo de mi hermano criarse en una casita de campo medio en ruinas?

Las mejillas de ella enrojecieron; y Rico, a pesar de su enfado, sintió una punzada de pesar. Esa mujer no podía evitar ser pobre y, al fin y al cabo, había hecho todo lo que había podido por el hijo de Paolo, dentro de sus posibilidades.

Pero aquello ya no tenía importancia. Tanto si le gustaba como si no, esa mujer tenía que aceptar la realidad: la familia Ceraldi tenía un nuevo miembro y su lugar estaba con ellos. Decidió acabar cuanto antes. Su padre le había dado carta blanca para asegurarse de que Ben fuera a San Lucenzo lo antes posible.

—Señorita Mitchell, esto no admite discusión.

Tiene que hacerse cargo de la situación, Mi sobrino debe ir a San Lucenzo sin demora y empezar su nueva vida. Debe comprenderlo.

Ella sacudió la cabeza violentamente.

—No, no lo comprendo. No es posible que piense que su vida debe cambiar tan radicalmente.

Rico apretó los labios, haciendo un esfuerzo por mantener la calma.

—Y usted, señorita Mitchel, no puede pensar que la vida de Ben sería mejor sin su familia. ¿Cómo justifica eso? ¿Cómo puede querer eso para Ben? Usted es pobre, ¿es que no se da cuenta?

Rico empequeñeció los ojos mientras observaba la reacción de ella. Pero el semblante de esa mujer estaba desprovisto de emoción. Era evidente que debía ser aún más claro, por mucho que le disgustara.

—El cambio en la vida de Ben no le afectará, señorita Mitchell. Usted siempre será su tía y, aunque la nueva vida de Ben será inevitablemente muy distinta a la que ha llevado hasta ahora, usted también se beneficiará. No es apropiado que la tía de mi sobrino viva en la pobreza —dijo él mirándola con atención—. Por lo tanto, le compensaremos económicamente por todo lo que ha hecho por mi sobrino. Usted ha dedicado cuatro años de su vida a cuidarle y es justo que se le reconozca el sacrificio. A partir de ahora, podrá llevar una vida independiente de las responsabilidades que había asumido.

La expresión de ella permaneció vacía.

Rico se irritó. ¿Acaso tenía que especificar hasta el último y vulgar detalle? Parecía evidente.

Pero antes de que pudiera añadir nada más, ella se puso en pie.

—Usted no piensa en serio que voy a permitirles que me separen de Ben, ¿verdad?

Estaba temblando como un cable tensado a punto de romperse.

—¿En serio cree que yo voy a permitir que me quiten a Ben? ¿Eso es lo que cree? ¿Cómo es posible que se le haya ocurrido semejante cosa? Yo soy la madre de Ben; es decir, la única madre que ha conocido.

Lizzy se interrumpió para respirar hondo, parecía consumida por la cólera.

—Escúcheme y escúcheme bien. Yo soy la madre de Ben, tengo su custodia. Y eso significa que le voy a proteger. Le voy a proteger de cualquier cosa y de cualquiera que suponga una amenaza para él, para su felicidad, para su equilibrio emocional y para su salud física... le voy a proteger de todo. Quiero a Ben más que a mi propia vida; si fuera hijo mío, no podría quererle más. Es todo lo que tengo de mi hermana y le juré que sería una madre para él, la madre que ella no pudo ser. Ben es mi hijo y yo soy su madre. Le destrozaría que le separaran de mí... ¿Cómo se le puede haber ocurrido semejante cosa? Nada ni nadie nos va a separar. Jamás permitiré que me lo arrebaten. Jamás.

Lizzy no podía dejar de hablar. Tenía que hacerle entender. Tenía que obligarle a escucharla.

—Debe estar loco para pensar que me lo pueden quitar. ¿Cómo se le ha ocurrido que lo consentiría? Consentir que Ben pierda la única madre que ha conocido. ¿Está usted loco o es un perverso, por pensar en separarnos? Nadie le quita un hijo a una madre. Nadie —Lizzy cerró los ojos. Le quemaba la garganta—. Oh, Dios mío, ¿cómo es posible que nos haya pasado esto? ¿Cómo es posible?

Lizzy calló y se quedó temblando como una hoja al viento.

Entonces, despacio y con profunda y resonante voz, Rico dijo:

—Nadie va a quitarle a Ben. Le doy mi palabra.

Rico estaba en su habitación con el teléfono pegado al oído, delante de la ventana. Desde donde estaba, podía ver a Ben y a su tía jugando en el jardín bajo el sol del atardecer. Dos porterías de fútbol estaban marcadas con dos palos. Ben dio una patada al balón y marcó; luego, corrió gritando y saltando, imitando a los profesionales. Su tía alzó las manos, exagerando su derrota, y dio una patada al balón para marcar un gol. Fue una mala patada y Ben, inmediatamente, marcó otro gol. El niño gritó triunfalmente.

Al otro lado de la línea telefónica, su hermano estaba diciendo:

–¿Qué quieres decir con eso de que no va a ceder? Solo es su tía, ¿qué puede hacer?

–Tiene la custodia de Ben –respondió Rico secamente.

Se hizo una pausa. Entonces, Luca contestó:

–Supongo que quiere más dinero.

–Quiere a su hijo.

–El niño no es su hijo, es su sobrino –le respondió Luca.

–Le ha criado como a su hijo y Ben la considera su madre. Y, a efectos legales, lo es. Le adoptó al nacer. Así que, si no quiere separarse de él, tendremos que aceptarlo.

Se hizo una pausa.

–¿Cuánto le has ofrecido? –preguntó Luca.

–Luca, no es cuestión de dinero. No está dispuesta a considerar ninguna oferta, ¿de acuerdo? Y yo ya tampoco. Su relación es la de madre e hijo. Llevo todo el día con ellos y, para Ben, esa mujer es su madre. No podemos hacer nada al respecto. Puede que no nos guste, pero así es. Lo único que podemos hacer es proponerle ir a vivir a San Lucenzo con el niño. Tendré que convencerla de ello e intentaré persuadirle. Pero… –Rico se interrumpió y respiró profundamente–. Le he dado mi palabra de que no intentaremos quitarle al niño.

Otra pausa. Fuera, en el jardín, Ben seguía jugando al fútbol. Rico sintió ganas de bajar y jugar también.

–Rico, no digas ni hagas nada de momento –

le dijo Luca–. Hablaré con nuestro padre. No le va a gustar, pero... En fin, te volveré a llamar con lo que sea.

La comunicación se cortó. La mirada de Rico se clavó en la tía de Ben. Llevaba puesto un chándal color gris, sin formas, y sus cabellos rizados estaban recogidos en un insulso moño. Se la veía con sobrepeso y sin gracia. Carecía realmente de atractivo. Sin embargo, ¿qué importancia tenía para Ben la apariencia de ella? De repente, vio a Ben tropezarse y caer en la hierba. Al instante, ella estaba a su lado, abrazándole, examinándole y besándole antes de reanudar el juego. Un gesto completamente maternal.

Él no recordaba un gesto así por parte de su madre, siempre eran las niñeras.

Rico frunció el ceño. Paolo había sido el único de los tres hermanos que se había sentado junto a su madre en el exquisito sofá tapizado en seda. El único al que había visto abrazar a su madre.

Sintió que el corazón se le encogía. Él iba a llevarle al hijo de Paolo.

Se miró el reloj. Sin duda, Luca le llamaría en una hora como máximo. De todos modos, tenía tiempo para enseñarle a su sobrino unos pases de fútbol. Bajó al jardín.

–No, Ben, es hora de irse a la cama.
–Mamá, un gol más. Solo uno.

–El gol de oro –terció Rico.

–Está bien –concedió Lizzy.

Había sido una media hora sumamente extraña. Sin más, el príncipe había aparecido en el jardín y se había incorporado al partido de fútbol; pero, al menos, ella estaba más tranquila que antes.

«Le doy mi palabra», le había dicho él.

¿Lo había dicho en serio?

De repente, su actitud había cambiado al decirle aquello. No sabía por qué ni cómo, pero había cambiado.

Y la había mirado. La había mirado a los ojos como si, de repente, se hubiera convertido en una persona real.

Y había ocurrido algo en esa mirada. Algo que, por primera vez, la había hecho sentirse más tranquila.

Algo había cambiado.

Capítulo 5

RICO se quedó mirando a su hermano. A la mañana siguiente, habían requerido su presencia en San Lucenzo y ahora Luca acababa de hacer estallar la bomba.

–Se trata de una broma, ¿verdad? Y no tiene ninguna gracia.

Su hermano le miró con ojos desapasionados.

–Resolvería el problema al que nos enfrentamos.

–¿Te has vuelto loco? No se trata de resolver problemas, se trata de mi vida. Y no voy a sacrificarla por lo que tú crees que es mi deber.

–No va a ser un sacrificio duradero. Además, creía haberte oído decir que le has tomado cariño al niño.

Los ojos de Rico mostraron furia.

–Eso no significa que tenga…

Su hermano alzó una mano.

–Sí, lo comprendo. Pero… escucha, Rico, ¿qué otra alternativa tenemos? Ella tiene la custodia del hijo de Paolo y no va a ceder. Tú mismo has dicho que la única forma de tener aquí al hijo de Paolo es tenerla a ella también. Pero… ¿cómo? No podemos tener a una inglesa soltera, una mujer del pueblo hija de un tendero, viviendo aquí con la custodia legal de un niño que es nuestro sobrino y un príncipe –la expresión de Luca se endureció–. Ocasionaría serios problemas de protocolo y seguridad. Lo que he sugerido aliviaría esos problemas. No tengo que decirte que nuestro padre agradecería tu cooperación en este asunto.

Luca continuó presionando:

–Estamos hablando de un año, dieciocho meses a lo sumo. Eso es todo, Rico. Suficiente para arreglarlo todo.

Los ojos de Luca se clavaron en su hermano más joven.

–Siempre dices que quieres más responsabilidad en los asuntos de palacio. Bueno, ahora tienes ocasión de hacerlo. Solo tú puedes hacer esto, Rico. Lo sabes. Solo tú.

–Maldito seas, Luca.

Luca arqueó las cejas con gesto burlón.

–Maldíceme todo lo que quieras, pero haz esto por todos nosotros –respondió su hermano fríamente.

La voz de Rico fue aún más fría que la de Luca al contestar:

–Lo haré por Paolo.

Un coche veloz devoraba los kilómetros del aeropuerto a la casa alquilada. Sin embargo, a

Rico le parecía demasiado lento. Quería conducir más rápido, mucho más rápido.

Y en dirección opuesta.

Pero se dirigía a una jaula.

Estaba de pésimo humor. A su lado, Falieri guardaba silencio. Rico se lo agradecía. Falieri lo sabía todo, se había enterado por Luca o por su padre, y sabía exactamente lo que él estaba a punto de hacer.

—Dígame que estoy loco —dijo Rico.

—Tiene sentido lo que va a hacer —respondió Falieri con voz queda.

—¿Lo tiene? —contestó Rico amargamente—. No deje de recordármelo, ¿de acuerdo?

—Lo va a hacer por el niño y por su difunto hermano —dijo Falieri.

—Recuérdeme eso también.

Ben le recibió con entusiasmo, corriendo hacia él y gritando de alegría. Abrazándole. Rodeándole el cuello con los brazos. «Lo haré por esto. Lo haré por Paolo. Lo haré por Ben».

Con cuidado, dejó al niño en el suelo; después, miró a la tía del niño que, como de costumbre, parecía fuera de lugar.

Cielos, tenía peor aspecto que nunca.

Rico sintió repugnancia.

Pero, instintivamente, superó el rechazo. Se había comprometido. Podía ser una locura, pero había dicho que lo haría.

No tenía sentido retrasarlo. Tenía que hacerlo ahora, para no echarse atrás.

–¿Qué tal ha estado aquí? –le preguntó a ella.

Lizzy se encogió de hombros sin mirarle directamente. Nunca lo hacía; solo una vez, cuando le dijo que tenía la custodia de Ben y que jamás se separaría de él.

–¿Qué tal se lo ha tomado su padre? –le preguntó ella–. Me refiero a lo de que no voy a permitir que me quiten a Ben.

Rico notó la tensión en la voz de ella y la miró fijamente.

–Se nos ha ocurrido un modo de solucionar la situación.

–Cualquier cosa que implique separarme de Ben...

Rico alzó una mano, silenciándola.

–Eso no va a ocurrir. Sin embargo... Bueno, este no es el lugar apropiado para hablar del asunto –Rico lanzó una significativa mirada hacia Ben–. ¿Ha cenado?

Ella apretó los labios.

–Ceno con Ben. De esa manera, el servicio no tiene que preparar dos comidas separadas.

–Muy considerada –dijo Rico secamente–. Pero yo no he cenado. Cenaré mientras usted le da el baño a Ben y le acuesta, luego hablaremos. Es necesario que lo hagamos cuanto antes. Tenemos que hacer algo que... en fin, no hay otra alternativa.

La expresión de ella mostraba más tensión. Ben eligió ese momento para decir:

–Ya he terminado de poner las vías, ven a jugar conmigo –le dijo a él–. Vamos a hacer carreras.

Rico sonrió.

–¿Una carrera? En ese caso, prepárate para perder, jovencito.

Rico se ganó de su sobrino una mirada de compasión.

–No seas tonto. Yo tengo la máquina exprés –le informó Ben.

De soslayo, vio alejarse a la tía de Ben. Él se puso a jugar con su sobrino. Se sentía mucho más cómodo cuando ella no estaba.

Ben se había dormido por fin. Normalmente, era cuando ella se daba un baño y se ponía a leer hasta quedarse dormida.

Pero esa noche tenía que bajar para hablar con el príncipe.

Sentía un nudo en el estómago cuando entró en el cuarto de estar. El príncipe ya estaba allí, con una copa de coñac en la mano… e imposiblemente guapo.

Cuando él la miró, se sintió dolorosamente consciente de su poco atractivo.

«Sí, ya sé que no soy guapa. No puedo hacer nada al respecto. Así que, por favor, no me mires».

–Siéntese, por favor.

Lizzy se acomodó en el sofá y él empezó a hablar.

–Sé que le ha resultado muy difícil asimilar todo esto, pero espero que, por fin, lo haya aceptado –dijo él eligiendo las palabras con cuidado– . Y también espero que se dé cuenta de que la vida de Ben no puede volver a ser como antes.

Ella abrió la boca para hablar, pero el príncipe no había terminado.

–Escúcheme. Antes de decir nada, escuche lo que voy a decir –el príncipe respiró profundamente–. Ben no es el niño que usted creía que era. Tanto si le gusta como si no, no se puede negar su linaje. Es el hijo de mi hermano, casado con su hermana, es nuestro sobrino y su hijo adoptivo. Esta es la realidad. Y también es real que Ben es un príncipe. Nada puede cambiarlo, por mucho que se desee.

La expresión de él cambió. De repente, sus ojos mostraron emoción.

–Además, yo no lo deseo. Ben es una bendición, es un regalo del cielo para mi familia. Eso no significa que no sea lo más valioso del mundo para usted... o usted para él. Esa no es la cuestión. Le di mi palabra de que no permitiría que lo separasen de usted. Pero... usted debe aceptar que ya no puede llevar la misma vida que antes. Ben es un príncipe de la Casa Ceraldi y eso no puede cambiarlo nadie. Su futuro está basado en esto. Y eso significa que ya no puede llevar una vida normal. Debe venir a San Lucenzo... con usted.

Ella había palidecido visiblemente; pero, al

menos, no le había interrumpido. Se llevó la copa de coñac a los labios y dejó que el ardiente líquido le quemara la garganta.

Entonces, continuó:

—Existe una solución, aunque no es fácil. Y es lo que voy a proponerle. Se trata de una solución drástica; sin embargo, dadas las circunstancias, es la única salida.

Rico se interrumpió y contempló fijamente a la mujer que, con expresión perdida, estaba sentada frente a él. Una mujer que era una completa desconocida. Una mujer a la que tenía que decir:

—Vamos a casarnos —anunció Rico.

Ella no se movió. Se quedó inmóvil, con las manos en el regazo y el rostro pálido. Rico sintió los nervios en el estómago. ¿Había dicho realmente eso? ¿Se había vuelto loco?

No obstante, sabía que no era la locura lo que le había hecho pronunciar esas palabras, sino algo mucho peor.

La necesidad. Porque, aunque odiara a Luca por haber concebido semejante idea, él sabía que tenía sentido: Ben y su madre adoptiva iban juntos, eran un equipo de dos que tenía que ser incorporado a la vida de la familia real de San Lucenzo. Ben, solo, no habría supuesto ningún problema; pero Ben con la mujer que le había criado, que le consideraba su hijo, era mucho más difícil.

No había alternativa. No había elección.

¡Un matrimonio de conveniencia... excepto para él!

¿Y por qué no decía nada ella? No había movido ni un solo músculo. ¿Acaso pensaba que aquello era fácil para él?, se preguntó con enfado. Bruscamente, volvió a alzar la copa de coñac y se echó un buen trago.

De repente, ella se puso en pie.

—Está usted... completamente loco.

La mirada de Rico oscureció. Debería haber esperado esa reacción.

—No estoy loco, me limito a enfrentarme de cara a la situación. Siéntese, por favor.

Ella se sentó. Rico tuvo la sensación de que no lo había hecho por obediencia, sino porque las piernas no la sujetaban.

—Si se casa conmigo, desaparecerán un montón de problemas. Ha quedado claro que no puede volver a llevar la vida que llevaba. Ben es un príncipe de la Casa Ceraldi y debe criarse como tal. No puede permanecer en este país y no puede criarlo usted sola. Pero... si se casara conmigo, el problema desaparecería inmediatamente. Usted y Ben entrarían a formar parte de la familia real y eso le facilitaría la transición a Ben. Debe reconocerlo.

—No.

Rico apretó los labios.

—Entiendo que le resulte difícil entenderlo, además de aceptarlo, pero...

–Es lo más tonto que he oído en mi vida –saltó ella–. ¿Cómo se le puede haber ocurrido semejante cosa? No puede proponer algo así, no puede.

Ella temblaba visiblemente.

–Se trata de ser prácticos, simplemente.

Ella le estaba mirando como si le estuviera hablando en chino. Rico continuó:

–El matrimonio tendría lugar exclusivamente con el fin de regularizar la vida de mi sobrino. Si se casa conmigo, usted ocupará su puesto en el seno de la familia real. El matrimonio en sí será una formalidad, nada más. Puede estar segura de ello.

Rico había hablado con voz seca y prosiguió antes de que ella pudiera interrumpirle otra vez.

–También puede estar segura de que el matrimonio será algo temporal. Una vez que Ben se haya acostumbrado a su nueva vida y usted a la suya, el matrimonio será anulado. Tendremos que seguir los procedimientos protocolarios, pero mi padre ha accedido a que la duración del matrimonio sea breve, poco más de un año; después, el matrimonio, una vez cumplido su propósito, se anulará.

Ella seguía sentada, con expresión incrédula.

–No puedo creer lo que me acaba de decir. No puede ser. Es imposible.

Rico volvió a sentir un ataque de cólera, que contuvo.

–Comprendo que le resulte difícil...

–Deje de decir eso. Deje de pensar que no lo comprendo –ella se puso en pie de nuevo, sus ojos llenos de emoción–. Lo que digo es que es una locura. Es grotesco.

La expresión de Rico endureció.

–¿Grotesco? –repitió él con altivez–. ¿En qué sentido?

–En todos los sentidos. Es grotesca, absolutamente grotesca, la idea de que me case con usted.

Una fría ira se apoderó de Rico. Que esa mujer calificara de grotesca su proposición...

–¿Le importaría explicarme por qué? –preguntó él con voz gélida.

–¡Míreme bien! –le espetó ella plantándose delante de él–. ¡Míreme! Es grotesco pensar que yo... que yo... me case... con usted.

Se le quebró la voz y bajó la cabeza.

Rico la miró. Su enfado se desvaneció. Se evaporó. En su lugar... sintió algo extraño, algo que no acostumbraba a sentir.

Vergüenza.

Y compasión.

–Encontraremos otra forma de solucionar esto –dijo Rico con voz queda.

Lizzy estaba en la cama, pero no podía dormir.

¿Cómo podía haber hecho eso el príncipe?

¿Cómo se había atrevido a decirle aquello a la cara?

Un sudor frío la cubría.

Grotesca, así había calificado la idea de que alguien con el aspecto de él se casara con alguien con la apariencia física de ella.

«Quiero volver a casa. Quiero volver a casa, a Cornwall. Quiero que esta pesadilla termine. Por favor, por favor, que se acabe. Por favor».

Pero sus plegarias eran inútiles. La pesadilla estaba ahí, la estaba viviendo. Nunca se vería libre de ella.

«Encontraremos otra forma de solucionar esto», le había dicho el príncipe.

Pero... ¿qué otra forma? La familia Ceraldi debía estar desesperada; de lo contrario, jamás habrían considerado la posibilidad de un matrimonio de conveniencia, por poco duradero que fuese, entre el príncipe y ella.

El peso que sentía en el pecho se hizo más pronunciado.

«Solo soy una molestia para ellos».

Bien, pues tenían que aguantarse. La familia real de San Lucenzo tenía que aguantar que no fuera más que una molestia. Tenían que aguantar que fuera un problema que había que resolver. Tenían que aguantar que su precioso nieto fuera su hijo adoptivo.

«No me importa. ¡No me importan ellos ni ser una molestia! Lo único que me importa es Ben y su felicidad. Ben me necesita y eso es lo único que cuenta. Y por él estoy dispuesta a hacer cualquier cosa... cualquiera».

«Excepto casarme con su tío».

Rico estaba en la ducha, pensando que debería sentir alivio.

Pero no era así. No dejaba de recordar esa palabra...

Grotesco.

¿Cómo podía una mujer referirse a sí misma de esa manera?

De acuerdo, no tenía nada de especial. Pero eso no era culpa suya.

Mentalmente, oyó una cínica voz:

«Simplemente, se enfrenta a la realidad. Ningún hombre puede desearla y lo reconoce. Reconoce la imposibilidad de que forméis una pareja. Sabe que se burlarían de ella a sus espaldas y te compadecerían si os casarais».

Rico silenció aquella voz y, deliberadamente, evocó la imagen de ella con Ben: sumamente paciente, siempre cariñosa, afectuosa, animosa.

Le había criado bien.

Mejor que bien.

Rico frunció el ceño. Debía de haber sido muy duro para ella.

Ahora, esa mujer podía tener una vida mucho mejor. Tenía que hacérselo ver.

Cerró el grifo, salió de la ducha y se secó.

Una vez que ella y Ben estuvieran en San Lucenzo, ella comenzaría a ver por sí misma que era posible una nueva vida.

Empezó a pensar en las posibilidades. Ben y ella no tenían por qué vivir en el palacio, ni siquiera en la capital. La familia Ceraldi tenía varias residencias en el principado, una de ellas sería apropiada.

Una villa junto al mar; sí, les gustaría.

«Podría ir a visitarles. Llegaría a conocer bien a Ben, estaría con él el tiempo que quisiera».

Otra idea le vino a la cabeza:

«También haré algo por ella. Buena ropa, un corte de pelo decente, maquillaje… seguro que estará mejor».

Sería un gesto amable.

Rico se fue a la cama sintiendo alivio.

Capítulo 6

EL avión empezó a descender.   –
Ya pronto vamos a aterrizar, Ben –anunció
Rico.

El niño, cautivado, miraba por la ventanilla
del avión. Ni Ben ni su tía habían puesto impedimentos al viaje, pensó Rico con alivio.

–¿Accederá, por lo menos, a hacer una visita? –le había preguntado a Lizzy el día anterior–
. No es más que eso, una visita, para que Ben
conozca a mis padres y a mi hermano. Están deseando conocerles. Por favor, no les niegue ese
placer.

Ella había asentido. Algo parecía haber cambiado entre los dos. No sabía qué era, pero le resultaba más fácil hablar con ella. Y a ella también se la veía menos tensa.

Después, había hablado con Luca para decirle que iban a ir al día siguiente. Lo que no
le había dicho era que se trataba solo de una
visita, nada más. Ya tendría tiempo de decirle
a Luca que no había posibilidad de un matrimonio de conveniencia. La situación tendría

que solucionarse de otra manera, algo con lo que estuviera de acuerdo la madre adoptiva de Ben.

Luca se había mostrado poco comunicativo, solo había querido saber si Ben iba a ir allí por fin y cuándo iban a aterrizar. Su hermano le había parecido tenso y preocupado.

El único que parecía estar realmente disfrutando era Ben, más con el vuelo que con lo demás. La noche anterior, su tía y él le habían confesado la verdad, que era un príncipe.

—¿Tendré una corona? —era lo único que el niño había preguntado. Al recibir una respuesta negativa, perdió su interés en el tema.

Su interés en la realidad se reavivó momentáneamente cuando les condujeron al coche que les estaba esperando al lado de la pista de aterrizaje. El coche tenía una bandera y Ben quería saber por qué.

—Es la bandera de tu abuelo —respondió Rico—. Y tu abuelo es el regente de San Lucenzo. Vamos a ir a verle ahora. Vas a conocer a tu abuelo, a tu abuela y a tu otro tío. El tío del que te hablé ayer.

Ben y Rico siguieron charlando. A su lado, Lizzy estaba haciendo todo lo que podía por mantener la calma. Pero era difícil.

Ahora que estaban ahí, en San Lucenzo, la realidad se le antojó abrumadora. Un inmenso temor se apoderó de ella.

Se sentía completamente fuera de lugar. Iba a

entrar en un mundo completamente desconocido para ella.

–Todo irá bien. Confíe en mí.

La voz del príncipe Enrico tenía un tono de consideración y amabilidad al que no estaba acostumbrada. Pero sabía a qué se debía.

«Le doy pena. Le doy pena porque sabe que yo sé que la idea de un matrimonio de conveniencia entre nosotros era algo grotesco».

Su amabilidad debía haberla hecho sentir vergüenza; sin embargo, tuvo el efecto opuesto, la tranquilizó.

«Estoy en un palacio», pensó Lizzy cuando entraron en el inmenso vestíbulo de suelos de mármol. Le pareció irreal.

Mientras uno de los lacayos les conducía, Ben le había preguntas a su tío. Lizzy, por su parte, se fijó en la enorme escalinata alfombrada de color azul. El príncipe Enrico comenzó a ascender con su agilidad natural.

«Esta es su casa, debe subir esta escalera todos los días».

Perdió aún más el sentido de la realidad.

En el primer piso, tras recorrer un interminable pasillo y cruzar innumerables salas, un hombre cruzó el umbral de una puerta que ella ni había notado.

La procesión se detuvo y el hombre hizo una leve reverencia al príncipe Rico, despidiendo al

lacayo. El hombre llevaba traje y no era un sirviente, sino un miembro del equipo que trabaja-
ba para la familia real.

El hombre, que era joven y con gafas, estaba
dirigiéndose al príncipe Enrico. Luego, miró a
Ben brevemente, pero no a ella.

«¿Es que soy invisible?», se preguntó ella.

El príncipe Rico, con el ceño fruncido, estaba
diciéndole algo en italiano a aquel hombre em-
pleando un tono duro de voz. La expresión del
hombre no cambió, permaneció impasible.

El príncipe Rico se volvió a ella, ignorando al
hombre.

–A mis padres les gustaría ver a Ben a solas –
le dijo él–. Por favor, no se ofenda. Si usted estuviera presente, se verían obligados a compor-
tarse formalmente, a seguir el protocolo. ¿Lo
comprende?

El miedo asomó a los ojos de Lizzy. Entonces, con sorpresa, él le tomó la mano.

–No se preocupe, no va a pasar nada. Le doy
mi palabra.

La mano de él era cálida, igual que su mirada.

–Confíe en mí –dijo él en voz baja–. No tenga miedo.

Despacio, muy despacio, Lizzy asintió. Sentía un nudo en la garganta.

El príncipe le soltó la mano.

–Será conducida a sus aposentos para que
pueda descansar. Yo mismo le devolveré a Ben.
Entretanto, intente relajarse. Luego, cuando lle-

ve a Ben con usted, los tres podremos ir a dar un paseo por el palacio.

El príncipe miró a Ben y añadió:

—Vamos, Ben, voy a llevarte a conocer a tus abuelos y a tu otro tío. Tu madre va a descansar y luego vamos a ir a explorar. Hay mucho que ver en este palacio. Hay incluso pasadizos secretos.

Los ojos del niño se agrandaron. Le dio la mano a su tío y ambos empezaron a alejarse.

—¿*Signorina?* Voy a llevarla a sus habitaciones —anunció el hombre.

Lizzy lo siguió con creciente tensión.

Rico miró a su alrededor y frunció el ceño. El cuarto de estar privado de sus padres, al que le habían conducido con Ben, estaba vacío. No obstante, le habían dicho que se presentara allí inmediatamente con Ben. En ese caso, ¿dónde estaban sus padres y su hermano?

—Rico... por fin.

Se volvió rápidamente. Luca acababa de entrar. Miró al niño y luego a él.

—Sí, no se puede negar de quién es hijo. Se parece mucho a Paolo. En fin, estábamos empezando a pensar que no ibais a llegar nunca.

—Luca, ¿dónde están nuestros padres?

Su hermano arqueó las cejas con gesto burlón.

—Hoy es el día en el que se reúne el Gran

Consejo, ya sabes que nuestro padre nunca llega tarde a esas sesiones. En cuanto a nuestra querida madre, siempre pasa un par de semanas en el balneario de Andoravia todos los años por estas fechas, ¿o lo habías olvidado?

Rico se lo quedó mirando.

–¿Qué? Di Finori me ha dicho que Ben y yo nos presentásemos aquí inmediatamente.

–Sí, naturalmente –respondió Luca con impaciencia–. Nos ha costado mucho hacernos con él, pero ahora, por fin, lo tenemos. Bueno, finalmente podemos relajarnos. Sobre todo, tú. Pobre Rico, resignado a casarse. Y con semejante mujer. La he visto por las cámaras de seguridad. ¡Dios mío! De haber sabido que era tan poco agraciada, no te habría engañado. Sin embargo, ha funcionado, lo sabía. Debió ponerse a dar saltos de alegría cuando le pediste la mano.

–¿Es que era todo mentira? –preguntó Rico con voz gélida.

Luca lanzó una breve carcajada.

–No nos diste otra alternativa, Rico. Tenía que convencerte. Tenía que hacerte creer que no te quedaba más remedio que casarte con ella. Lo que no consigo comprender es por qué le diste tu palabra a esa Lizzy Mitchel de que no le quitarías al niño. Por eso no quería ponerte en la tesitura de tener que mentir respecto a un matrimonio de conveniencia, era preciso que tú también lo creyeras.

Los ojos de Rico brillaron de furia.

–Le he dado mi palabra de que puede confiar en mí –dijo Rico.

–Mal hecho –Luca sacudió la cabeza–. Te alegrará saber que no se lo he dicho a nuestro padre, no le gustaría nada. No obstante, como ya he dicho, todo ha salido bien al final. Y ahora, por fin, podremos solucionar este embrollo.

Durante un momento, Luca miró a Ben y algo en su expresión cambió. Pero, al instante, la expresión desapareció y, cuando volvió a hablar, lo hizo en tono distante y desapasionado:

–Ya han sido elegidos los miembros del servicio que se van a encargar del niño y están esperando para llevárselo. Para empezar, tendrá sus aposentos en el palacio; después, se le llevará a algún lugar más aislado, en las colinas probablemente. Cuando sea algo más mayor, irá a un internado. De momento, niñeras y tutores se harán cargo de él. Se emplearán todos los recursos necesarios para mitigar la situación y minimizar su presencia aquí –su expresión volvió a cambiar, mostrando irritación–. ¡Dios mío, qué lío, solucionarlo todo lo mejor posible ha sido un infierno!

–No sé por qué tenía la idea de que a nuestros padres les hacía ilusión lo de tener un nieto –comentó Rico empequeñeciendo los ojos.

Luca lanzó una breve carcajada carente de humor.

–Has leído demasiada basura en la prensa. Sí, eso es lo que hemos dicho en público. Pero…

¿en serio se te ha ocurrido pensar que nuestros padres recibirían de buen grado la noticia de que Paolo cayó tan bajo como para dejar embarazada a una mujer cualquiera y luego casarse con ella?

Rico se encogió de hombros.

—Podría ser peor, esa mujer «cualquiera», como tú dices, podría estar viva. Tal y como están las cosas, solo tenemos que vérnoslas con la tía. A propósito, ¿qué se va a hacer con ella? —preguntó Rico en un tono neutro.

—La han llevado al ala Sur; de allí, se la deportará como persona non grata en el principado. Una vez fuera de nuestras fronteras, puede hacer lo que quiera. Desde luego, no se va a llevar al niño. Incluso en el caso de que algún medio de comunicación cubra los gastos de un posible proceso judicial que ella quiera emprender respecto a la custodia del niño, llevará años. Mientras ella tenía al niño y ambos estaban en el Reino Unido, nosotros teníamos las manos atadas, la ley estaba a su favor. Pero ahora es diferente, ahora tenemos a Ben y eso es lo que cuenta. Esa mujer está acabada. Y tú, querido hermano, ya te puedes tomar unas vacaciones. Eres libre para celebrar como quieras un trabajo bien hecho. Misión cumplida.

—No del todo —dijo Rico.

Rico soltó la mano de Ben, la cerró en un puño, y tiró a su hermano al suelo de un puñetazo en la sien. Luca cayó inconsciente.

Ben había abierto la boca, atónito; pero Rico

volvió a agarrarle la mano y tiró de él hasta la puerta.

—Cambio de planes, Ben —dijo Rico en tono lleno de furia.

El pasillo era oscuro, claramente en desuso. Rico contuvo las emociones que lo atenazaban, no era el momento para dar rienda suelta a lo que sentía. Recorrió el pasillo abriendo las puertas que lo flanqueaban una a una. Todas vacías. En el pasado, debían haber albergado las habitaciones del servicio.

La quinta puerta no se abrió. Se detuvo, escuchó. ¿Habría tratado de gritar ella o se habría dado cuenta de que el esfuerzo era inútil? Nadie podía oírla desde allí.

Se lanzó contra la puerta, con el hombro, haciendo saltar el cerrojo.

Había una persona en una cama. Era ella y se había incorporado hasta sentarse.

Vio su rostro, en él había surcos de lágrimas.

—Tengo a Ben. Vámonos —dijo él con urgencia—. No tenemos mucho tiempo, vamos. Confíe en mí.

Vio emoción en el semblante de ella. Una emoción que no quería volver a ver nunca en el rostro de una mujer. Luego, rápidamente, ella se incorporó.

—¿Dónde está Ben?

—Al final del pasillo, vigilando. Cree que se

trata de un juego. No está asustado, no se ha dado cuenta de lo que pasa. No me haga preguntas, solo tenemos una posibilidad de escapar y debemos hacerlo ahora mismo.

¿Cuánto tiempo estaría Luca inconsciente? No tenía idea. Lo único que sabía era que no había un solo momento que perder.

El palacio era un laberinto, pero Rico lo conocía como la palma de su mano. Caminó con rapidez, en una mano llevaba la maleta de ella y en la otra tiraba de Ben. El niño trotaba a su lado y la tía les seguía, sin hablar y sin hacer preguntas.

Logró llevarles a sus aposentos sin que nadie les hubiera visto. Una vez dentro, agarró su móvil y pulsó un número.

Por suerte, Gianni estaba allí, en su puesto. Le había llamado nada más dejar a su hermano inconsciente en el suelo para darle instrucciones. Cerró el móvil y se volvió a Ben.

—Bueno, ahora nos toca ir al pasadizo secreto —dijo Rico.

Ben, lleno de asombro, abrió la boca.

—Ahí está —añadió Rico.

Rico se acercó a una pared con una chimenea y puso la mano en el botón escondido que operaba el mecanismo de la puerta. Hacía tiempo que no la utilizaba, pero aún funcionaba.

Sonrió.

—Este es el motivo por el que elegí estas habitaciones cuando era adolescente. La forma perfecta de escapar de palacio cuando quería sin ser visto. Vamos.

Después de cerrar la puerta, bajaron una escalera que conducía a una calle pequeña y secundaria dentro del territorio del palacio. Un coche les estaba esperando. La tía y el niño se tumbaron en el suelo de la parte posterior del coche con el fin de que no hubiera posibilidad de ser vistos.

—Vámonos —dijo Rico a Gianni.

Llegaron a la frontera, que no estaba vigilada, en menos de veinte minutos. Después de cruzarla, Rico dijo:

—Ya podéis sentaros.

Una vez acomodados, ella, en tono neutro, preguntó:

—Y ahora, ¿qué?

Pero Rico notó su temor. Su miedo. Su terror.

La miró. Una intensa emoción se apoderó de él, pero la reprimió.

—Ahora vamos a buscar a un sacerdote —respondió él.

Capítulo 7

FUE irónico que ella siguiera oponiéndose a casarse con él. Al final, no le quedó más remedio que ser muy claro.

—Es la única forma en que puedo protegerla a usted y a Ben.

Ella se lo quedó mirando sin disimular su miedo.

—Es otra trampa, lo sé —dijo ella en tono vacío.

—No, se lo juro. Le juro que no sabía lo que estaban tramando. Si pudiera, les llevaría de regreso a Inglaterra, pero no puedo. Les he traído a Italia, aquí están más seguros porque mi padre tendrá que ponerse en contacto con las autoridades italianas y eso llevará tiempo. Ni siquiera puedo llevarles a Suiza. Todas las fronteras italianas estarán vigiladas. Y mi padre, con un pretexto u otro, logrará que la detengan; por todos los medios, quiere evitar que Ben regrese al Reino Unido. Al final, les separarían, de eso no tenga la menor duda.

Rico se detuvo un momento, respiró profundamente y continuó:

–La única forma en que yo puedo protegerles es haciendo lo que he dicho. Una vez que estemos casados, no podrán tocarla, y tampoco a Ben. Tendrán que aceptarlo. Conozco a mi padre, no se arriesgará a romper abiertamente conmigo. Jamás causaría esa clase de escándalo.

Rico la miró, ella rodeaba con un brazo a Ben, que se había quedado dormido con el movimiento del coche mientras se alejaban más hacia el norte, hacia las colinas alpinas.

–Soy la única persona que puede protegerla a usted y a Ben, que puede hacer que sigan juntos.

–¿Por qué? ¿Por qué quiere ayudarnos? –preguntó ella en tono apenas audible.

–Le di mi palabra –respondió Rico–. Le prometí que no les separarían a usted y a Ben. Por eso.

Con creciente cólera, recordó la forma como Luca había descrito la infancia de pesadilla que tenían planeada para Ben. ¿Cómo habían podido pensar en hacer semejante cosa?

Pero lo sabía. Para sus padres y su hermano, el deber y la reputación era lo único importante en sus vidas; eso y evitar el escándalo y las situaciones embarazosas. Y para conseguirlo, habían estado dispuestos a separar a un niño de cuatro años de su madre utilizando todo tipo de argucias y engaños.

Genéticamente, ella era solo la tía de Ben; pero, para el niño, lo era todo, era su mundo. ¿Qué importancia tenía que fuera una plebeya, que no fuera apropiada para ser la madre de un príncipe?

Rico apretó los labios. ¿Y qué importancia tenía que hubiera sido la última mujer que él, en condiciones normales, habría elegido como esposa? Una mujer consciente de la dura realidad…

Grotesco.

Eso era lo que ella pensaba del posible matrimonio entre los dos. Era grotesco.

Pero ahora no tenía importancia. No importaba lo que ninguno de los dos pensara sobre ese matrimonio porque, en esos momentos, lo único que importaba era Ben.

Y la única forma de mantenerle a salvo era con ese matrimonio.

Rico la miró a los ojos.

—Gracias —dijo ella con un tono de voz tenso, bajo.

Estaba hecho. Ben y su madre estaban a salvo, pensó Rico con alivio mientras le daba las gracias al sacerdote, tío abuelo de Gianni, y también al ama de llaves y a Gianni, que habían sido los testigos de la ceremonia.

Después, condujo a Ben y a su madre al coche. Gianni se sentó al volante, sabía a dónde ir, qué hacer.

—Tengo hambre —dijo Ben.

—Pronto comeremos, te lo prometo —respondió Rico mesándole el cabello.

Todavía no era de noche, pero aún tenían un buen camino por recorrer. Gianni había cambiado de coche, este era mucho menos llamativo; además, había comprado algo de comida. Tendría que subirle el sueldo, se lo merecía.

–¿Te gusta la pizza? –le preguntó Gianni a Ben al tiempo que le pasaba una caja de cartón dentro de una bolsa de plástico–. Está fría, pero está buena. La ha preparado el ama de llaves de mi tío abuelo.

El rostro de Ben se iluminó.

–Sí, gracias.

Mientras la mujer y el niño comían pizza en el asiento posterior, él se llevó la mano al bolsillo y sacó su teléfono móvil. Cuando le respondieron, no perdió el tiempo.

–Jean Paul, tengo una noticia para ti…

La conversación fue prolongada y en francés. Cuando Rico colgó, sintió aún más alivio. También sintió unos ojos angustiados fijos en él y volvió la cabeza.

–He hablado con un amigo mío, el que me avisó que Paolo tenía un hijo. Confío en él plenamente. Le he dicho que nos hemos casado. Va a esperar a que yo le diga cuándo puede publicar la noticia, y ese es el arma que voy a utilizar contra mi padre. Le daré tiempo para que se haga a la idea, para que acepte lo que ha ocurrido; pero si intentase algo que pudiera perjudicarnos, Jean Paul publicaría la noticia inmediatamente, sin consultar con el palacio. No voy a darle alternativas a mi padre.

Rico se metió el teléfono en el bolsillo y añadió:

–Sigo sin poder creer lo que ha hecho mi padre. Yo estaba convencido de que quería a Ben por ser el hijo de Paolo. Creía que… creía que le querían aun sin conocerle –Rico tragó saliva–. Estoy avergonzado de mi familia. Estoy avergonzado de lo que os han hecho.

De repente, instintivamente, tocó el brazo de ella. Fue un gesto leve, breve.

–Y estoy avergonzado de mí mismo.

La expresión de Lizzy era de preocupación.

–Eres tú quien está pagando por todo –dijo ella en voz baja–. Lo siento… siento mucho lo que has tenido que hacer. Yo… intentaré no ser… –Lizzy se interrumpió.

¿Qué podía decir? «¿Intentaré no ser una esposa demasiado grotesca para ti?»

Rico guardó silencio unos segundos.

–Todo saldrá bien –dijo él por fin.

Continuaron el viaje bien entrada la noche y Ben, después de haber saciado el hambre, se quedó dormido.

«He hecho lo que tenía que hacer, lo único que podía hacer para mantener a Ben a salvo», pensó Rico. «Era mi deber».

Era un deber que, curiosamente, no le suponía un esfuerzo ni resentimiento… solo alivio.

–¿Dónde estamos? –preguntó Lizzy con voz débil.

Se había despertado cuando el coche se detuvo. Se enderezó en el asiento. Ben seguía dormido con medio cuerpo en su regazo.

—En Capo d'Angeli. Jean Paul ha alquilado una villa para nosotros. Nos quedaremos aquí el tiempo que queramos, nadie nos molestará.

Salieron del coche, ella con Ben en los brazos. Una fresca brisa le acarició la piel. Lo único que podía ver en la oscuridad era una casa, el camino de grava en el que estaba y, de repente, la puerta de la casa abriéndose.

Dentro de la casa había más gente, italianos. Alguien la condujo escaleras arriba.

Agotada, ella siguió a aquella persona al interior de un dormitorio, un dormitorio grande con una cama muy grande. Una sirvienta estaba abriendo la cama. Luego, la misma sirvienta le ayudó y, en cuestión de minutos, Lizzy y el niño estaban acostados.

Quería dormir una eternidad, no quería despertar jamás. No quería enfrentarse a la realidad de lo que había hecho.

Se había casado con el príncipe Enrico de San Lucenzo.

Abajo, Rico se sacó el móvil del bolsillo una vez más y llamó a quien sabía que tenía que llamar.

Luca respondió inmediatamente. Su voz estaba cargada de furia. Rico le interrumpió, llamándole algo que nunca le había llamado. Aquello silenció a Luca, lo que a él le permitió explicarle el cambio de situación. Después, despacio, con voz diferente, su hermano mayor dijo:

–Rico... no es demasiado tarde. Enviaremos un helicóptero y tú y el niño podréis estar de vuelta, aquí, por la mañana. Haremos que el matrimonio sea anulado inmediatamente. Nos encargaremos de la tía, haremos que la deporten desde Italia. Podemos...

–Vuelves a equivocarte –le interrumpió Rico, encolerizado de nuevo–. Y ahora, si no te molesta, te agradecería que le dijeras a nuestro padre que voy a empezar mi luna de miel, con mi esposa y mi hijo. Y no podéis hacer nada por impedírmelo. ¿Me has entendido? Nada. Ahora están a mi cargo. Y si tuvieras un mínimo de decencia, no volverías a hablar a nuestro padre.

Rico colgó.

En la cama, Lizzy vio que Ben se estaba despertando. El niño abrió los ojos y sonrió al verla. Todo estaba bien, ella estaba con él.

Un gélido frío le corrió por las venas. Todo podía haber sido completamente diferente.

«Podría estar de vuelta en Inglaterra, deportada. Ben encerrado en ese palacio y no habría vuelto a verle nunca».

El horror de lo que podía haberles ocurrido la consumió.

El príncipe Rico los había salvado.

Un sentimiento de culpabilidad se apoderó de ella. Él les había salvado y ella... le había encadenado.

—Mamá...

Ben se estaba sentando en la cama.

—Mamá, ¿es hora de levantarse ya? —preguntó Ben con entusiasmo—. ¿Está aquí el tío Rico?

Luego, Ben miró a su alrededor y preguntó:

—¿Dónde estamos, mamá? ¿Hemos vuelto al palacio?

Ella sacudió la cabeza.

—No, cariño, no estamos en el palacio —respondió Lizzy retirando la ropa de la cama—. Venga, vamos a desayunar. Estoy muerta de hambre.

Lizzy también miró a su alrededor. La habitación donde se encontraban era grande y espaciosa, la luz del sol se filtraba por las cortinas. El mobiliario era sencillo, pero elegante. Las paredes eran blancas y el suelo de azulejos. Su ánimo mejoró.

Capo d'Angeli. Había oído hablar de aquel lugar, pero solo sabía que era un lugar de gente rica y aristocrática. Discreto y elegante. Lujo exclusivo. Grandes villas en colinas con vistas al mar.

Alguien había llevado allí su equipaje, que no era mucho. Ben lanzó un grito de placer al ver su osito de peluche, al igual que sus trenes predilectos.

No les llevó mucho tiempo vestirse. Cuando estuvieron listos, Lizzy descorrió las cortinas, revelando puertas dobles que daban a una amplia terraza. Más allá de la terraza...

—¡Mamá, el mar! Es mucho más azul que el de casa.

Lizzy abrió las puertas de cristales y una cálida brisa entró en la estancia. Ben salió corriendo a la terraza; allí, se agarró a la balaustrada y contempló el pinar que descendía hacia el mar.

—¿Habrá una playa? —preguntó el niño presa de la excitación.

—Por supuesto que hay playa, Bcn.

La voz que le contestó no era la de ella, procedía de un lugar más allá en la terraza donde había una mesa de hierro forjado cubierta con una sombrilla azul. En la mesa estaba dispuesto el desayuno, pero Lizzy no se fijó en la comida, solo en el hombre sentado a la mesa bajo la sombrilla.

Lizzy sintió un nudo en el estómago. Ese hombre era magnífico. Llevaba un albornoz y la blancura de su tejido contrastaba con el moreno de su piel.

Volvió a contraérsele el estómago. Rico era muy atractivo y ahora, recién salido de la ducha, se le veía...

Diferente.

Su personalidad también parecía haber sufrido un cambio. No había rastros de tensión en él, estaba... relajado.

Ben echó a correr hacia él.

—Tío Rico, ¿podemos bajar a la playa?

Su tío sonrió y a Lizzy le dio un vuelco el corazón. La risa le había iluminado el semblante, los ojos le brillaban y sus blancos dientes contrastaban con su morena tez. Estaba más guapo que nunca. Más atractivo...

«¡Dios mío, cómo voy a poder soportarlo!»

Terriblemente consciente de su falta de atractivo, ella caminó hacia la mesa. Al llegar, él se levantó.

—*Buen giorno* —dijo él sonriendo con los ojos.

Lizzy tragó saliva y asintió. No podía mirarle... ahora que era la esposa de ese hombre.

Separó una silla de la mesa y se sentó.

—¿Has dormido bien? —le preguntó él.

Lizzy volvió a asentir. Entonces, con manos temblorosas, se sirvió zumo de naranja. Ben estaba charlando animadamente con su tío.

«¿Su padrastro? Un padrastro que podría llevárselo y arrebatárselo...»

Casi no podía respirar al darse cuenta. De repente, se vio presa del pánico. ¿Había caído en otra trampa? ¿Una trampa tendida con el único objetivo de quitarle a Ben?

—No estés preocupada, no hay motivo para ello —le dijo él, percibiendo sus temores. Sus ojos se encontraron—. Vamos, tranquilízate, ahora no tienes nada que temer.

Lizzy sintió que se le cerraba la garganta.

—Confía en mí —insistió Rico mirándola a los ojos—. Te he prometido protegeros a ti y a Ben, y eso es lo que voy a hacer. No permitiré que os separen, jamás. Tienes mi palabra.

Despacio, muy despacio, Lizzy sintió que sus temores se desvanecían. Él le sostuvo la mirada un momento más y luego, con una mueca de humor en los labios, se volvió a Ben, que estaba tirándole de la manga para atraer su atención y asegurarse de que le iba a llevar a la playa.

—Primero tienes que desayunar, jovencito —dijo Rico—. Luego, vamos a ir a explorar por ahí, cuando me vista.

Rico volvió a mirarla a ella y añadió:

—He pedido que nos envíen ropa aquí, a la villa, de las boutiques del puerto deportivo. Pronto llegará. Para los tres.

—Oh, no… por favor. Puedo arreglármelas con lo que he traído —dijo Lizzy.

—No será necesario —la expresión de Rico se endureció ligeramente—. Sé que esto es duro para ti, pero ahora todo es diferente. Sin embargo… no te preocupes, hoy pasaremos el día tranquilamente, necesitamos tiempo para acostumbrarnos a la nueva situación. Y ahora dime, ¿qué te parece la villa?

—Es preciosa —respondió ella.

Rico asintió.

—Sí, yo opino lo mismo. Jean Paul ha elegido bien. También es una de las villas más aisladas de Capo d'Angeli; aunque, por supuesto, ya no tenemos por qué preocuparnos. La seguridad en esta propiedad está asegurada. La gente que viene aquí lo que quiere es aislamiento. Ah, y tampoco tienes que preocuparte por los miembros del servicio, están acostumbrados a que los inquilinos exijan discreción absoluta. Podemos estar completamente relajados. Incluso he mandado a Gianni de vacaciones, se las merece.

Rico intentó darle ánimos con una sonrisa.

En ese momento, un sirviente apareció con café recién hecho y unos bollos. Ben se puso a comer al instante.

—Parece estarse adaptando a los cambios muy bien –dijo Rico mirando al niño–. Creo que le va a gustar esto. Los tres lo vamos a pasar bien.

Lizzy y Rico volvieron a mirarse. Ahora le resultaba más fácil. No fácil, pero más fácil.

—Gracias –dijo ella–. Gracias por lo que has hecho.

—Hemos hecho lo que teníamos que hacer, no había otra solución. Y ahora… dejemos el tema. Lo hemos pasado mal y necesitamos unas vacaciones, y este es el lugar perfecto.

Rico sonrió traviesamente y, de nuevo, Lizzy volvió a sentir algo completamente inapropiado. Lo reprimió tanto como pudo, pero no del todo. ¿Cómo iba a poder soportarlo? Era imposible, imposible.

—¿Qué… qué va a pasar hoy? –se atrevió ella a preguntar.

—¿Hoy? Hoy vamos a tomárnoslo todo con tranquilidad. Ben tiene que ir a la playa; de lo contrario, nos vamos a tener que enfrentar a una revolución. La cala de aquí es privada, pertenece al terreno de la villa, así que no nos molestará nadie. También hay una piscina, abajo de donde estamos. En cuanto a juguetes, hay un cuarto de juegos para niños en la casa; si necesitamos más, los pediremos por Internet. Como verás, tendremos todo lo que necesitemos para unas vacaciones perfectas.

Rico volvió a sonreírle; después, volvió su atención a Ben.

—¿Qué tal se te da construir castillos de arena? —le preguntó al pequeño.

—Muy bien —respondió Ben con entusiasmo—. En casa también los construíamos, cuando la marea estaba baja; pero luego subía y nos tiraba el castillo.

Rico hizo una mueca.

—Esto es el Mediterráneo y aquí no hay mareas grandes, sí que no nos lo tirarán. El agua es muy cálida. También podremos ir en barco.

—¿Hoy? —preguntó Ben.

—No, hoy no. Quizá mañana. Ya veremos.

La expresión de Ben ensombreció.

—«Ya veremos» quiere decir «no» —dijo el niño en tono apesadumbrado.

—Quiere decir «todavía no lo sé». Estamos de vacaciones, Ben. Planearemos lo que vamos a hacer día a día. ¿Te parece?

Los ojos de Rico se clavaron en los de ella.

—Y eso también va por nosotros dos.

Se sostuvieron la mirada durante unos momentos; entonces, Ben volvió a reclamar la atención de él una vez más.

Rico sabía que ella necesitaba tiempo para acostumbrarse a todos los cambios que su vida había sufrido.

«Voy a hacer que su vida sea mejor a partir de ahora», se prometió a sí mismo con decisión.

Mientras Lizzy se servía café, la examinó disimuladamente.

«No creo que su aspecto tenga que ser tan malo necesariamente. No lo creo».

Continuó examinándola. Era difícil adivinar su figura con esa ropa tan suelta y sin formas: una camiseta grande y unos pantalones de algodón sueltos. Ambas prendas eran baratas y estaban muy usadas. No era una mujer delgada, pero tampoco estaba gorda. Con una ropa de buen corte…

Sus ojos se clavaron en el rostro de ella. Esos cabellos rizados le comían el rostro. Las espesas cejas no ayudaban tampoco, ni la palidez de su tez. Pero sus rasgos no estaban mal: nariz recta, ojos grises y dientes discretos. Lo que le ocurría era que sus rasgos parecían… anodinos.

¿Qué tal estaría con un poco de maquillaje?

Apretó los labios al recordar la forma como Luca se había burlado de ella al verla. ¿Qué derecho tenía Luca a burlarse de una mujer que se había hecho cargo del hijo de su hermano y había dedicado su vida a cuidarle? No debía haberle resultado fácil; además, sin dinero. ¿Qué importancia tenía que no fuera una mujer hermosa? ¿Qué le importaba eso a Ben?

«Y a mí tampoco me importa. Haré que su aspecto físico mejore todo lo posible porque ella se lo merece. Necesita sentirse segura de sí misma; sobre todo, después de lo que hemos hecho, ahora que estamos casados».

Capítulo 8

VINO? –Rico acercó la botella de vino blanco a la copa de Lizzy. –

Yo… bueno, gracias –respondió Lizzy, y él le sirvió.

Estaban sentados a la mesa, en la terraza, y el cielo del atardecer mostraba gloriosos tonos rojizos y dorados.

–Mamá, tengo mucha hambre –declaró Ben.

–Enseguida traerán la comida –dijo Rico sirviéndose vino también.

–¿Qué vamos a cenar, mamá?

–Pasta, Ben –respondió Rico sonriendo–. Todos los niños en Italia comen pasta. Te gusta la pasta, ¿verdad?

–¡Me encanta! –exclamó Ben.

–En Italia, vas a comer pasta todos los días –dijo Rico.

Entonces, alzó su copa de vino.

–Por nuestro primer día aquí –Rico alzó su copa, mirando a Ben y a Lizzy. Ben alzó su vaso de zumo de naranja–. ¿Lo habéis pasado bien hoy?

–Sí –contestó Ben.

–Sí, ha sido un día estupendo –respondió ella.

Y lo había sido, pensó Lizzy. No había esperado encontrarse cómoda, pero así había sido. No habían hecho nada especial, excepto ir a la playa por la mañana; luego, habían almorzado en la terraza y, a pesar de sus protestas, Ben se había echado la siesta. Después, habían vuelto a la playa y, al regresar, Ben se había bañado en la piscina antes de darse una ducha y prepararse para la cena.

–¿Te gusta este vino? –lc preguntó el tío de Ben.

–Sí, está muy bueno. Aunque yo… no entiendo de vinos –contestó Lizzy.

–Con la práctica, acabarás entendiendo –Rico le sonrió–. Y también, con la práctica, aprenderás otra cosa, a llamarme por mi nombre.

Lizzy se lo quedó mirando. No sabía cómo hacerlo.

–Y yo debo hacer lo mismo contigo. Lizzy. Ya está, ya he dicho tu nombre. Lizzy.

–Rico –murmuró ella sin atreverse a mirarle.

–Muy bien… ¡Ah, ahí viene la cena!

–¡Viva! –exclamó Ben.

Transcurrieron varios días como el primero. Rico había hecho que fuera así intencionadamente. Estaba dándole tiempo a Lizzy.

Él también lo necesitaba. Los tres lo necesitaban.

Era curioso, había pasado toda la vida manteniendo las distancias entre el mundo y él. Había poca gente en la que confiaba, con la que se encontraba a gusto. Jean Paul era una de ellas. También algunos deportistas a quienes su título no les importaba, para quienes lo único que contaba era su habilidad y dedicación.

Pero jamás había confiado en una mujer.

Se había acostado con muchas y había disfrutado físicamente, pero nada más. Nunca había confiado en ellas porque convertirse en la princesa Ceraldi era lo primero.

Sin embargo, la mujer con la que se había casado solo había mostrado horror ante la idea de ser la esposa de un príncipe.

Y esa misma mujer había tenido un extraño efecto en él, le había hecho sentirse seguro con ella.

Porque Lizzy era completamente diferente a las demás mujeres que conocía.

«Lo único que Lizzy quiere de mí es que proteja a Ben, eso es todo. No quiere nada más, no quiere nada de mí».

Y se dio cuenta de algo más…

«No tengo que estar en guardia con ella, puedo relajarme. No es necesario que trate de mantener las distancias… porque Lizzy no quiere nada de mí».

Por primera vez en su vida, se sentía… libre.

Le resultó fácil arreglarlo todo. El grupo de tiendas del puerto deportivo estaba pensado para prestar los servicios necesarios a los residentes de Capo d'Angeli. Y las necesidades de dichos residentes respecto a su aspecto físico se concretaban en ropa, pelo, tratamientos de belleza y demás requerimientos.

Rico iba a contratarlo todo para ella.

Al día siguiente, durante el desayuno, lo dijo:

–Hoy me encargaré yo de Ben, tú vas a estar muy ocupada.

Lizzy se lo quedó mirando.

–¿Ocupada? –preguntó ella con súbita preocupación.

Rico sonrió misteriosamente.

–Sí, mucho.

Al cabo de una hora, Lizzy se dio cuenta de lo realmente ocupada que iba a estar.

Lizzy tenía los ojos cerrados. A su alrededor, el ejército que Rico había contratado parecía estar manteniendo una acalorada discusión. Estaban hablando de ella, pero al estilo italiano, con vehemencia y sonoras exclamaciones. Comprendía el porqué. Tenían entre manos una tarea imposible.

Desde hacía unos días sabía que ese momento llegaría. Sabía que no podía permanecer oculta en la villa siempre. En algún momento, debía salir a la superficie, enfrentarse al mundo.

Pero, por mucha ropa de diseño que llevara, seguiría siendo ella. Nada podía cambiarlo. María habría estado guapa hasta con harapos, pero ella no.

Sintió culpa y pesar.

«En cualquier caso, tengo que pasar por esto. Tengo que soportarlo, por humillante que me resulte. Tengo que dejarles hacer lo que puedan».

Pero no lo hacía por ella, sino por el hombre con quien se había casado para salvar a Ben. El hombre cuyo premio por lo que había hecho era encontrarse casado con una mujer como ella, algo… grotesco.

Un hombre como el príncipe Rico, el Príncipe Playboy, acostumbrado a estar con las mujeres más hermosas del mundo.

Lizzy abrió los ojos. La discusión había cesado. Miró los rostros que la observaban y respiró profundamente.

—Por favor, hagan todo lo que puedan —dijo ella.

Entonces, volvió a cerrar los ojos y los mantuvo cerrados.

—Necesitamos otra torre —declaró Ben.

Rico examinó la obra de arte encima de la mesa de la terraza y asintió.

—Tienes razón. Colocaré una en esta esquina. ¿Qué tal los colores?

—Bien —respondió Ben.

Mientras seguían trabajando en el fuerte que estaban construyendo, Rico no pudo evitar sentir cierta angustia.

¿Cómo lo estaría pasando Lizzy? Aunque ya era por la tarde, sabía que los tratamientos de belleza eran muy largos, pero lo que no sabía era cómo se encontraría ella.

Rico agarró las tijeras y comenzó a cortar el cartón para hacer la torre. También él necesitaba una distracción.

—¿Está mamá probándose la ropa nueva? —preguntó Ben.

—Sí. A las mujeres les lleva mucho tiempo probarse ropa —contestó Rico—. Y también arreglarse el pelo y todo eso.

—A mamá no —replicó Ben—. Siempre se arregla de prisa.

—Pero ahora que es una princesa necesita más tiempo —explicó Rico.

Ben miró en dirección al otro extremo de la terraza, a la parte que daba a las habitaciones. De repente, le cambió la expresión.

—Mamá.

Dejó la pintura que tenía en la mano y echó la silla hacia atrás.

Rico alzó la mirada.

Y se quedó atónito.

Ben corrió hacia Lizzy, que acababa de salir a la terraza por la puerta de su habitación.

—¡Mamá, mamá, has tardado un siglo! El tío Rico y yo estamos haciendo un fuerte. Me van a traer soldados mañana, es un regalo por haber sido bueno. Y el fuerte es para los soldados. Mamá, ven a verlo.

Ben le agarró la mano y tiró de ella. Lizzy echó a andar con paso incierto; las sandalias, aunque no tenían tacón alto, eran apenas unas finas tiras de cuero.

–Vamos, mamá –insistió Ben con impaciencia por su lentitud.

El hombre sentado a la mesa la miraba con un semblante carente de expresión.

El corazón le latió con fuerza. Se sentía casi enferma.

«Dios mío, tanto trabajo para nada, ha sido un desastre. Lo veo en su rostro. Es horrible, es horrible».

Lizzy no sabía qué aspecto tenía. Veía sus uñas esmaltadas de color albaricoque y sentía las manos suaves. El pelo también le parecía diferente, más ligero. En cuanto a la ropa, llevaba un vestido color canela ajustado al cuerpo; la falda del vestido, de seda, tenía vuelo.

Pero no se había mirado al espejo. Nadie le había preguntado si quería verse y ella había tenido demasiado miedo para hacerlo.

Ahora, el momento de la verdad había llegado y quería que se la tragara la tierra.

Todo para nada.

Debía de tener un aspecto ridículo así vestida. «Aunque la mona se vista de seda...»

A su lado, Ben continuaba hablando y tirando de ella hacia la mesa con la sombrilla.

Presa de pánico, Lizzy clavó los ojos en aquel hombre y, al hacerlo, el corazón le dio un vuelco.

Rico llevaba pantalones cortos, camiseta blanca y seguía mirándola con semblante inexpresivo.

Lizzy llegó a la mesa.

«Di algo. Lo que sea».

Tragó saliva.

–Ben, es un fuerte precioso –dijo ella con fingido entusiasmo.

–Lo hemos hecho el tío Rico y yo. Tiene dos torres y un puente que se levanta. El tío Rico lo ha hecho. Mira, te voy a enseñar cómo se levanta. Mamá…

Lizzy hizo un esfuerzo por prestar atención a Ben mientras tiraba de una cuerda.

–¡Qué bien! –exclamó ella haciendo un ímprobo esfuerzo.

«Tengo que mirarle. Tengo que mirarle».

Fue lo más difícil que había hecho en su vida, pero lo hizo. Miró a Rico directamente a los ojos, a unos ojos sin expresión.

–Es un fuerte maravilloso –dijo ella débilmente.

Rico dijo en italiano:

–*Non credo…*

Estaba atónito.

No era posible lo bien que estaba. No era posible. No podía tratarse de la misma mujer. Era imposible, físicamente imposible.

¿De dónde había salido? ¿Y ese fantástico cuerpo? Un cuerpo perfecto. Una cintura estrecha que daba paso a unas perfectamente redondeadas caderas y más arriba... un par de senos vibrantes, moldeados, que asomaban por la fina seda...

Su cuerpo reaccionó al instante, no pudo impedirlo. Fue una reacción urgente, incontenible, imparable.

Con un esfuerzo ímprobo, subió la mirada al rostro de ella. Eso no le ayudó.

La reacción seguía igual.

Era el pelo. ¿Qué habían hecho con el pelo? Los rizos habían desaparecido para dar paso a una lisa y suave melena castaño claro que le acariciaba los hombros.

Y el rostro...

¿Cómo no se había dado cuenta antes? Unas delicadas y arqueadas cejas por encima de unos luminosos ojos grises. Pómulos marcados. Nariz perfecta. Y una boca...

Tragó saliva.

Alguien le estaba hablando. Alguien le estaba tirando del brazo.

—Tío Rico, no me estás oyendo. ¿Es hora de cenar? Mamá ya ha salido y tengo hambre —se quejó el niño.

Rico consiguió apartar los ojos de ella y fijarlos en Ben.

–Sí, ya, bueno. ¿Quieres cenar? Bien, de acuerdo.

–¿Se ha portado Ben bien hoy? Siento haber tardado tanto, pero…

Rico estaba mirándola otra vez. No podía quitarle los ojos. Le resultaba imposible.

De repente, Lizzy no pudo soportar más aquella mirada sin expresión. Sentía casi un dolor físico. Giró sobre sus talones y se marchó. No sabía a dónde, a cualquier sitio.

Bajó los escalones de la terraza que conducían al nivel donde estaba la piscina. Tenía ganas de vomitar y sentía las mejillas ardiéndole.

Quería desaparecer.

¿Por qué se había dejado hacer todo aquello? Debería haberse dado cuenta de que era inútil.

«No debería haberlo hecho, no debería haber dejado que intentaran mejorar mi aspecto físico. Haberlo intentado y haber fracasado es peor que aceptar que soy fea… fea, fea, fea…»

Oyó pasos a sus espaldas, oyó su nombre. Intentó echar a correr, pero una mano le agarró el brazo.

–Para. ¿Qué te pasa?

Lizzy se puso tensa.

–Vete. Vete, déjame sola. ¡Déjame sola!

–¿Qué ha pasado? ¿Qué te ha ocurrido? –preguntó él con expresión preocupada.

–¿Que qué ha pasado? Todo es un desastre. Todo.

Lizzy se quedó ahí, inmóvil, mientras él seguía sujetándola.

Rico estaba muy cerca. Demasiado cerca. Intentó zafarse de él, pero el esfuerzo fue inútil. Todo era inútil.

Durante un momento, Rico no dijo nada, se limitó a mirarla. Entonces, de repente, le cambió la expresión.

Lizzy vio algo en los ojos de él. Algo que parecía disolverse lentamente, como la cera con el fuego. Sintió también un cambio en la forma como le sujetaba el brazo, no tanto para detenerla como para... tocarla.

El tiempo pareció detenerse. Él la estaba mirando a los ojos con una expresión que... le quitó la respiración.

¿Qué estaba pasando?

—No me mires así —dijo Rico con voz suave, con voz aterciopelada, con voz que la hizo temblar—. No me mires así; porque si continúas, yo...

—¡Mamá! ¡Mamá!

Se separaron rápida y bruscamente.

—No te preocupes, le he dicho que no se mueva de donde está —comentó Rico antes de respirar profundamente.

—¡Mamá! ¡Tío Rico! —gritó Ben con insistencia, con alarma.

—Ya voy, Ben —gritó ella con voz temblorosa.

—Y yo —dijo Rico alzando la voz, aunque tampoco le salió muy firme.

Rico lanzó a Lizzy una última mirada. No debía seguir mirándola, podía ocurrir cualquier cosa.

Rico sentía algo indescriptible mientras regresaban a la terraza, junto a Ben. Había ocurrido algo increíble, algo que escapaba a toda explicación. Y lo único que deseaba era dejarse llevar por esa emoción.

–Ya estamos aquí, Ben –anunció él.

Ben se quedó mirando a ambos, luego fijó los ojos en Lizzy.

–¿Ese es uno de los vestidos nuevos, mamá?

Lizzy tragó saliva y asintió.

El niño ladeó la cabeza y luego frunció el ceño.

–Estás guapa, como las mujeres de las revistas. Pero no estás como siempre –comentó Ben algo confuso.

Rico rodeó el hombro de su sobrino. Comprendía a Ben perfectamente.

–Es el nuevo aspecto de tu madre. Y tienes razón, Ben, está guapa –el tono de Rico cambió–. De hecho, está más que guapa, está deslumbrante. Completamente deslumbrante.

Durante un interminable momento, Rico y Lizzy se mantuvieron la mirada.

Vio en los ojos de ella una momentánea chispa; después, la chispa desapareció de repente para volver a dar paso a la incertidumbre.

–Es verdad –le dijo Rico con voz queda–. Es absolutamente verdad. No puedo creer... lo que estabas ocultando. Y jamás, me oyes, jamás, vas a volver a ocultarlo. No te lo permitiré.

Entonces, bruscamente, Rico volvió la cabeza hacia su sobrino.

—Bueno, Ben, creo que ya es hora de cenar.

Capítulo 9

BUENAS noches, cariño, que duermas bien. Lizzy se agachó para darle a Ben un beso en la mejilla. El niño ya estaba dormido. Desde el otro lado de la cama, Rico le revolvió el cabello con suavidad.

Rico había insistido en bañar a Ben aquella noche.

–No queremos que tu mamá se moje el vestido nuevo, ¿verdad? –le había dicho a Ben.

Y había sido él quien se había mojado. Lizzy podía verle la camisa húmeda pegada al cuerpo. Desvió la mirada, pero no antes de que Rico la sorprendiera.

–Iré a cambiarme antes de reunirme contigo para cenar, ¿de acuerdo? –había un brillo especial en sus ojos mientras hablaba.

Rico había pedido al cocinero que les preparara una cena especial esa noche. Quería agasajar a Lizzy.

Sí, iba a ser especial. De nuevo, se vio presa de la incredulidad. No había momento que la mirase que no se sorprendiera.

Era increíble. Verdaderamente increíble.

Frunció el ceño momentáneamente.

¿Acaso Lizzy no se había mirado al espejo todavía? Debía haberlo hecho. Sin embargo, su reacción inicial, cuando se alejó corriendo de él diciendo que todo era un desastre, indicaba que no era consciente de la transformación.

Rico rodeó la cama.

–Necesitarás un chal. Refresca por las noches. Vamos a ver qué tienes.

Rico abrió la puerta del armario y ella le siguió.

–¿Dónde puede haber un chal? –preguntó él mirando con aprobación el nuevo vestuario.

Pero Lizzy no pudo contestarle.

Todo el fondo del armario empotrado era un espejo y, delante del espejo, había una persona a la que no había visto nunca.

Rico miró al reflejo de la mujer en el espejo y luego a ella. Y le permitió que se mirase, con una expresión de incomprensión en el rostro.

–Sí, eres tú –dijo él por fin–. Eres tú, pero estabas escondida.

–No puedo ser yo. No es posible –dijo ella con voz débil.

–Sí, claro que sí.

Con suma suavidad, Rico le puso las manos en los hombros.

Lizzy tenía la piel como el satén. La sintió temblar bajo sus manos, pero no se movió.

–¿Cómo lo han hecho? –preguntó ella aún mirándose al espejo.

Rico sonrió.

–Tenían buen material para trabajar.

–Pero mi pelo… tan rizado…

–Lo han arreglado. Han debido utilizar productos químicos –la voz de él se suavizó–. Ahora siempre estarás así.

Rico apartó las manos. No quería hacerlo, quería deslizarlas por los brazos de ella, besarla…

Pero sabía que no debía hacerlo. Todavía no. Ahí no.

–¿Crees que han puesto los chales en algún cajón? –preguntó él–. Vamos a ver.

Rico volvió a llenar las copas de champán. Estaban sentados en la terraza a la luz de las velas. La cena había hecho justicia a la belleza del lugar, exquisitamente preparada y presentada.

–Por ti –dijo Rico alzando su copa en un brindis–. Por tu nueva imagen. Por la verdadera Lizzy.

El servicio se había retirado después de llevarles el café y unas deliciosas pastas junto con el resto del champán.

Rico bebió un sorbo, saboreándolo.

–Por ti –Rico repitió el brindis–. Por la nueva Elisabetta.

Lizzy parpadeó.

–Siempre me han llamado Lizzy –dijo ella.

–Pero tu nombre real es Elizabeth, Elisabetta

en italiano –Rico frunció el ceño–. ¿Fue tu hermana quien empezó a llamarte Lizzy?

–¿Qué quieres decir? No te comprendo –dijo ella con incertidumbre.

–Lo que quiero decir es si siempre estuviste al servicio de tu hermana –dijo Rico.

–¿De María? María era la mejor hermana que uno puede imaginar. Era una niña preciosa, todo el mundo la quería. Era muy guapa. Era alta, delgada, con largas piernas y cabellos rubios y con unos ojos azules preciosos. Incluso en el colegio, todos los niños querían estar con ella. Y cuando se hizo modelo, estaba aún más guapa. No me extraña que un príncipe se enamorase... –Lizzy se interrumpió bruscamente.

–María era guapa, muy guapa. Pero era... –Rico se contuvo un momento, eligiendo bien las palabras–. La belleza de María no es la única clase de belleza que existe. Dime, ¿quién te puso el nombre de Lizzy?

–Fue María –confesó Lizzy antes de lanzar una breve carcajada–. Decía que yo nunca...

Lizzy volvió a interrumpirse. Para cubrir el silencio, agarró la copa de champán y bebió.

–¿Nunca, qué?

¿Qué le había pasado? ¿Qué había hecho creer a esa mujer que era fea? Rico pensaba que podía haber sido su hermana; sin embargo, Lizzy parecía negarlo. ¿Qué era?

–¿Nunca, qué? –siguió insistiendo él.

Quería respuestas. Quería comprender.

—Mi hermana pensaba que el nombre de Lizzy era apropiado para una persona que estaba siempre haciendo cosas, sin parar. Al parecer, era lo único que se me daba bien. Yo no era guapa, como María; además, tampoco tenía la inteligencia de ella. Para mis padres, María lo era todo.

La mirada de Lizzy se perdió. Luego, volvió a beber champán. Su expresión se había ensombrecido.

—Cuando nació María, yo dejé de existir. Solo servía para ayudar en casa, para cuidar de María, para ayudar a María, para hacer cosas por María. ¡María, María, María! Todo daba vueltas alrededor de ella. Yo, sin embargo, era irrelevante. Quería odiar a María, pero no podía. Nadie podía odiarla porque no había nada odioso en ella. Todos la querían. No es de extrañar que mis padres también la adorasen. La querían tanto, que incluso le perdonaron que se hiciera modelo. Sin embargo, hay algo que no le perdonaron nunca. Solo una cosa.

Lizzy se quedó callada un momento antes de concluir:

—Que muriese. Jamás le perdonaron que muriera.

Lizzy bajó la cabeza.

—No podían vivir sin ella y no lo hicieron. Se metieron en el garaje de la casa, cerraron las puertas, se encerraron en el coche y pusieron en marcha el motor.

Se hizo un profundo silencio. Rico sintió frío en las venas.

—¿Tus padres se suicidaron?

—Sí, cuando se enteraron de que no saldría del coma. María era todo su mundo. Le habían dedicado sus vidas. Ella les abandonó para hacerse modelo, les abandonó para irse con un hombre que ellos no conocían, y luego... les dejó del todo. Les dejó solos.

—Pero... tus padres tenían al hijo de María y te tenían a ti —dijo Rico hablando muy despacio.

—El niño no tenía padre; para ellos, era motivo de vergüenza. En cuanto a mí... yo no tenía importancia. No contaba para nada. No me necesitaban.

Los ojos de Rico oscurecieron. Sintió una súbita cólera.

No la necesitaban.

A él tampoco le necesitaban. Esa era la historia de su vida.

Pero ya no era verdad.

Rico miró a la mujer que tenía delante, alargó un brazo y le tomó la mano. Entonces, dijo en tono bajo e intenso:

—Pero ahora sí se te necesita... eres fundamental. Eres la felicidad de Ben y yo soy la persona que le va a garantizar estar a salvo. Y juntos... juntos vamos a cuidar de él, vamos a quererle.

Con cuidado, Rico se puso en pie. Presa de la emoción, Rico condujo a Lizzy hacia las puertas de cristales que daban a la habitación de ella y que estaban entreabiertas. Una vez en el interior del cuarto, se quedaron de pie junto a la cama contemplando a Ben.

Rico rodeó los hombros de ella con un brazo mientras miraban al niño.

Ben les unía.

Al día siguiente, después de un paseo por el mar en lancha motora y del almuerzo, Rico telefoncó a Jcan Paul.

—¿Te gustaría encargarte de una sesión de fotos? —le preguntó Rico.

Iba a enviar las fotos a palacio con el fin de recordarle a su padre que se le estaba acabando el tiempo; que si seguía negándose a reconocer en público su matrimonio, lo haría él mismo y allá con las consecuencias.

—No sigas demorando la noticia de tu boda, Rico. La seguridad es buena en Capo d'Angeli; pero a pesar de ello... —la voz de su amigo tenía un tono de advertencia—. Es una noticia bomba.

—Sí, lo sé. ¿Puedes venir mañana para la sesión dc fotos?

—No faltaré. No perdería esta oportunidad por nada del mundo —Jean Paul lanzó una carcajada y colgó.

Con lentitud, Rico dejó el móvil. Entonces, miró hacia las puertas de cristales que daban a la terraza, donde Lizzy trataba de hacer que Ben accediese a echarse la siesta.

Jean Paul estaría allí al día siguiente para hacer fotos a una familia feliz. Una historia perfecta. El Príncipe Playboy casado con la madre adoptiva del hijo de su hermano. Su esposa encarnando el papel de Cenicienta. Una cenicienta cuya transformación excitaba todos sus sentidos.

Una mujer a quien anhelaba abrazar, poseer.

Una sombra cruzó sus ojos.

¿Tenía derecho a poseerla? La deseaba con locura. La deseaba porque era hermosa y porque quería llevarla a un lugar al que toda mujer tenía derecho a ir.

Pero... ¿tenía él el derecho a ser quien la llevara a ese lugar?

«Es mi esposa. ¿A qué otra mujer debería desear?»

Sí, era su esposa, pero lo era solo por Ben. Su matrimonio, incluida la sesión fotográfica, era en beneficio de Ben. Era por la seguridad del niño, por su futuro. No por el de Lizzy y él.

«¿Por qué no también nuestro futuro?»

La mujer a la que ahora deseaba tanto era su esposa. Una esposa que deseaba, que quería poseer...

Aquella misma noche lo haría.

Esa noche iba a consumar su matrimonio.

Capítulo 10

SIGILOSAMENTE, Lizzy salió a la terraza, levantándose la falda del vestido largo.

Ben se había dormido por fin. Se había acostado más tarde que de costumbre debido a haber estado presenciando un desfile de modelos. Ben y Rico, sentados en la cama, la habían visto probarse un vestido tras otro con el fin de elegir el que iba a llevar puesto en la sesión de fotos del día siguiente.

Estaba nerviosa por la sesión fotográfica. Rico le había dicho que Jean Paul, su amigo, se iba a encargar de ella.

Se alegraba de que Rico hubiera sugerido probarse la ropa antes, a pesar de que le parecía extraño haber acabado con un vestido largo.

Rico había elegido ese vestido, diciéndole que era el más adecuado para la sesión, y le había pedido que se lo dejara puesto.

–De esa manera, estarás más acostumbrada al vestido mañana –le había dicho él antes de irse a cambiar para la cena.

Ella había accedido, aunque el ajustado cuerpo de seda color rosa de finos tirantes y la vaporosa falda larga la hacían sentirse demasiado vestida para una villa al lado del mar.

—Ah, ya estás aquí...

La voz de Rico la hizo volver la cabeza y... se quedó sin respiración.

Él estaba avanzando hacia ella bajo la suave luz de la terraza, también iba formalmente vestido para la cena.

Está...

«¡Dios mío, está increíblemente guapo!»

El esmoquin le hacía aún más esbelto.

Lizzy se lo quedó mirando, incapaz de apartar los ojos de él.

Al llegar hasta ella, Rico le sonrió.

—*Buona sera, principesca* —dijo él con voz suave; después, le tomó la mano y se la llevó a los labios.

Rico entrecruzó el brazo con el suyo y Lizzy se dejó llevar por la terraza.

—Esta noche vamos a cenar dentro. Al parecer, va a llover ligeramente.

Lizzy miró al cielo, que estaba cubierto. Luego, se dejó conducir al comedor, que todavía no habían utilizado.

Al llegar, comprendió por qué Rico había decidido que ambos se vistieran formalmente. Sus ojos se agrandaron. Era la primera vez que entraba allí y la opulencia de la estancia la llenó de asombro. La enorme mesa de cristal tenía un borde dorado y, colgando del techo, había una inmensa araña de cristal. También había espejos por todas partes, y más cristal y más adornos dorados.

—Es algo excesivo —comentó Rico.

Él la condujo a un lugar de la mesa y la ayudó a sentarse. Luego, él tomó asiento frente a ella. Casi inmediatamente un camarero descorchó una botella de champán y les sirvió.

Rico alzó su copa.

—Por nosotros —dijo él con voz queda, mirándola a los ojos.

La cena transcurrió como en un sueño. Lizzy apenas se fijó en lo que bebía y comía.

Solo tenía ojos para él.

Sentía debilidad. Solo era capaz de mirarle. Debía haber hablado, debía haber dicho cosas, pero no lo sabía seguro. El champán le corría por las venas, infundiéndole una extraña sensación.

«Lo único que quiero hacer es mirarle».

Hasta ese momento, no se había permitido mirarle abiertamente, sin disimulos, hasta saciarse. Pero esa noche era diferente. No sabía por qué.

Rico le estaba devolviendo la mirada, capturándole los ojos. Ella se quedó sin respiración.

De repente, Rico se puso en pie y le ofreció la mano.

—Ven —fue todo lo que él le dijo.

Lizzy se puso en pie y se dejó llevar hacia el interior de la casa. Rico abrió una puerta y la hizo entrar.

Era un dormitorio.

Y no era el de ella.

Rico la agarró por los hombros y la hizo volverse de cara a él.

Rico se la quedó mirando, sin saber cómo había podido contenerse durante tanto tiempo.

Sabía que Lizzy no era consciente de lo que le había atormentado mirándole como lo había hecho. Había necesitado toda su capacidad de autocontrol para no levantarse de la silla durante la cena, tumbarla encima de la mesa y poseerla ahí mismo.

Y no lo había hecho porque sabía que ella necesitaba tiempo.

Tiempo para comprender lo que estaba ocurriendo entre ellos dos.

¿Sabía Lizzy cuánto la deseaba? Sospechaba que no. Lizzy no conocía a los hombres.

«¿Será el primero?»

—Elisabetta —dijo él con voz suave, acariciante.

No podía resistirlo más.

Con lentitud, con suma lentitud, Rico acercó los labios a los de ella.

Lizzy lanzó un quedo suspiro al tiempo que cerraba los ojos.

Rico la besó despacio. Fue un beso suave, aterciopelado. Fue una caricia de sus labios.

«Tiene que ser la noche perfecta para ella».

Apartó los labios de los de ella para pasárselos por el cuello y el escote. La sintió vibrar. Volvió a apoderarse de su boca, abriéndosela. Comenzó a acariciarle con la lengua, intensificando el beso, intensificando su deseo.

Con una mano, empezó a bajarle la cremallera del vestido.

Quería... quería...

Qué mujer tan exquisita. Era una mujer llena, suave. Cuando le cubrió un seno con la mano, sintió cómo cobraba vida. El pezón floreció.

Lizzy se arqueó y jadeó en el círculo de sus brazos, apretándose contra él.

Era todo único que necesitaba. Con incontrolable deseo, Rico la levantó en brazos.

Su mundo entero dio la vuelta y abrió los ojos.

Los de Rico la miraban con pasión mientras ella, en sus brazos, se sentía liviana como un pájaro en vuelo cuando él la llevó a la cama.

Rico la depositó con suavidad, con ternura, como si fuera una delicada flor.

—Elisabetta...

Entonces, con rapidez, Rico se despojó de su ropa y se tumbó sobre ella. Lizzy sintió su fuerza, la dura y viril belleza de su cuerpo...

Lanzó un gemido al sentir el duro miembro sobre su sexo.

—Te deseo desde el momento en que revelaste toda tu belleza solo a mí —le susurró él.

Despacio, muy despacio, Rico bajó la cabeza y la besó. Despacio, muy despacio.

–Sé mía –le dijo él–. Sé mía, Elisabetta.

Lizzy se ahogó en la profundidad de aquella mirada oscura.

–Rico...

Lizzy le rodeó con los brazos y luego comenzó a acariciarle la espalda. El deseo le corría por las venas, haciéndola arquearse hacia él.

El cuerpo de Rico le respondió. Tras despojarla del vestido de seda, le acarició los muslos y, haciéndola gemir de placer, le separó las piernas.

Lizzy se sentía perdida. Estaba entrando en un mundo desconocido, un mundo de placer que parecía concentrarse en un punto de su cuerpo. Se entregó a este placer, dejando que las hábiles caricias de Rico la llevaran aún más lejos, al descubrimiento de un éxtasis que la hizo gritar. Las sensaciones fueron sobrecogedoras y se vieron acompañadas de las dulces palabras que le murmuró Rico. Y cuando aquel estado de absoluta euforia comenzó a disiparse, Rico buscó la entrada en su cuerpo, con fuerza e insistencia a la vez que con absoluto control.

Lizzy le recibió y volvió a gemir. Abrió los ojos y vio a Rico mirándola con intensidad.

Con la intensidad del deseo.

Rico se movió dentro de ella, con ella, volviendo a prender la llama de su pasión.

–Sí... –jadeó Lizzy–. Sí...

Y arqueó las caderas hacia él, instintivamente

dejándole que la penetrara más profundamente, moldeándose a él. A cada empellón de Rico, sentía un renovado deseo.

Por fin, estaba allí una vez más. Aquel blanco ardor recorriéndole el cuerpo entero. Gritó y oyó la voz de él también. Se aferró a Rico, hundiéndole los dedos en la espalda mientras alcanzaban el clímax juntos.

Por fin, las últimas oleadas de placer se extinguieron. Lizzy sintió el cálido cuerpo de Rico contra el suyo y la cabeza en su hombro. Poco a poco, sus músculos se relajaron.

Una completa languidez se apoderó de ambos y al poco se sumieron en un profundo sueño.

–Principessa, je suis enchanté.

Jean Paul le besó la mano cortésmente y la miró con placer. Luego, le dijo algo en francés a Rico, algo que ella no comprendió.

Rico sonrió traviesamente.

–Sí, lo soy, muy afortunado –contestó Rico–. Y ahora, a trabajar. Será mejor que empecemos con Ben... antes de que empiece a aburrirse.

Pero Ben estaba decidido a mostrar su mejor comportamiento y también una expresión angelical, cosa que no le costó ningún esfuerzo, con su ropa nueva.

Igual que Lizzy.

Rico contuvo una vez más la respiración al mirarla.

Lizzy estaba sentada en el sofá del salón de la villa y su aspecto era sencillamente…

Radiante.

Rico no podía apartar los ojos de su esposa.

Jean Paul les hizo fotos por separado y a los tres juntos. Al final de la sesión, Jean Paul dejó la cámara a un lado.

–*Bon chance, mon vieux* –dijo Jean Paul–. Os deseo toda la felicidad del mundo.

Después de descargar las fotos de la cámara digital en el ordenador, tomaron una copa antes de que Jean Paul se marchara. Y cuando Lizzy se fue con Ben para ponerse una ropa más informal, Rico se dispuso a enviarle un mensaje electrónico a Luca.

No le envió texto alguno, solo una selección de fotos.

Era suficiente.

Después de enviar las fotos, apagó el ordenador y fue en busca de su esposa.

Los días pasaron como un sueño para Lizzy, y las noches las reservaban para dar rienda suelta a su pasión.

En esos momentos, Lizzy estaba al lado de la piscina poniéndole crema de protección solar a Rico en la espalda. Ben, tras levantarse de la siesta con renovada energía, se movía por el agua encima de un flotador en forma de delfín.

–Vamos a echar una carrera –le gritó el niño a Rico–. Tú puedes ir en el cocodrilo.

–Dentro de un poco –respondió Rico sin levantar la cabeza–. Dentro de un poco.

Estaba demasiado a gusto donde estaba, en la tumbona, con el sol en la espalda, Ben feliz en el agua y siendo acariciado por unas manos exquisitas.

Nunca se había sentido tan feliz. Quería que aquel momento durara una eternidad.

Lo que más le importaba en el mundo entero estaba allí.

El tiempo se había detenido. Solo existían el día y la noche. Y el ahora. Un eterno ahora.

Aún no había tenido noticias de su padre ni de Luca… y no le importaba. Ambos pertenecían a un mundo que no le interesaba en esos momentos.

En esos momentos, tenía todo lo que deseaba. No quería nada más.

Se oyeron unos pasos en la escalinata que conducía a la terraza. Una sombra se proyectó sobre su espalda. Las manos que se la acariciaban se detuvieron.

Rico alzó la cabeza.

Era el capitán Falieri.

Rico se incorporó con lentitud y se puso en pie. Oyó a Lizzy, a sus espaldas, hacer lo mismo. Automáticamente, buscó la mano de ella y entrelazó los dedos con los suyos.

–¡Capitán Falieri! –gritó Ben con entusiasmo desde la piscina. Luego, el niño salió del agua–. ¿Ha venido a tomar el té con nosotros?

El capitán negó con la cabeza.

–Me temo que no. He venido a... ver a tu tío.

–Ben, anda, vamos a secarte y a vestirte –le dijo Lizzy al niño. Luego, asintió en dirección al recién llegado–. Capitán Falieri.

Él inclinó la cabeza, pero no dijo nada.

–¿Y bien? –preguntó Rico sin preámbulos.

–Su Alteza, su padre, desea verle.

Rico apretó los labios. Después, tras asentir, fue en pos de Lizzy y Ben.

–Diez minutos –le dijo a Falieri volviendo la cabeza.

Le resultó muy duro tener que dejar a Lizzy y a Ben, pero no había otra alternativa.

Tomó las manos de Lizzy en las suyas. Ella se había duchado y se había vestido, igual que él. Pero mientras Lizzy lucía un vestido veraniego, él estaba enfundado en un traje de chaqueta, formal.

–¿Qué va a pasar?

–Mi padre puede hacer dos cosas: o acepta nuestro matrimonio y mantiene unas relaciones cordiales con nosotros, o rompe conmigo. Me da igual lo que haga. Nosotros estamos casados y tenemos la custodia de Ben, y mi padre no puede hacer nada al respecto –Rico respiró profundamente–. No quiero dejaros, pero tengo que hacerlo. No quiero que Ben vaya a San Lucenzo hasta que todo esté arreglado. Le he pedido a Falieri que se quede contigo y ha dicho que sí. Confío en él. No es el lacayo de mi padre y Falieri no haría algo que fuera ilegal. Falieri no estaba involucrado en la trama de mi padre y de mi hermano.

–¿Cuándo vas a volver?

–Esta misma noche. En el puerto deportivo, me espera un helicóptero y el vuelo no llevará mucho tiempo. Tampoco creo que a mi padre le lleve mucho tiempo decirme lo que tenga que decirme. Después, volveré inmediatamente.

Rico sonrió antes de añadir:

–Pon champán en la nevera, acuesta a Ben pronto y… y ponte algo cómodo de ropa.

Se miraron a los ojos durante breves momentos. Luego, Rico le soltó las manos y acarició los cabellos de Ben antes de marcharse.

Lizzy le vio alejarse y sintió una gran opresión en el pecho.

Ben le tiró de la falda.

–¿Adónde va el tío Rico?

–A una cosa que tiene que hacer. Volverá esta noche –respondió Lizzy en tono ausente–. Vamos a ver al capitán Falieri, a lo mejor le apetece un café. A mí sí me apetece.

Lizzy fue con Ben a la terraza.

El capitán Falieri, que estaba allí, se los quedó mirando mientras se aproximaban.

Algo en la expresión de aquel hombre hizo que a Lizzy se le helara la sangre.

Se detuvo delante de él.

—¿Qué ocurre? —preguntó ella con voz débil, presa de un súbito temor.

Falieri la miró unos segundos más sin decir nada. Su expresión era sombría. Sus ojos mostraba… compasión.

—Tengo… malas noticias —respondió él.

Capítulo 11

EL helicóptero tocó tierra con el acostumbrado impacto. El ruido de las hélices disminuyó. Rico se desabrochó el cinturón de seguridad, le dio las gracias al piloto y descorrió la portezuela. Con agilidad, saltó al suelo y, con la cabeza baja, se alejó. Luego, se enderezó.

Al hacerlo, vio a cuatro personas saliendo del palacio. Guardias de palacio en uniforme. Se detuvo, frunció el ceño y esperó a que se le aproximaran.

—¿Qué ocurre? —preguntó Rico en tono seco.

El oficial de más rango miró hacia delante, no a Rico. Su rostro carecía de expresión.

—Alteza, siento informarle que queda arrestado —dijo el oficial.

Le condujeron a sus aposentos. Le quitaron su teléfono móvil y todo tipo de artefacto con el que pudiera comunicarse con el exterior, desde el PC al portátil, incluidos los teléfonos de comunicación interior y los que tenían línea con el exterior.

Estaba perplejo.

¿Qué demonios estaba ocurriendo? Furia e incredulidad se apoderaron de él.

Empezó a pasearse por su cuarto de estar.

Las puertas dobles se abrieron y Rico se volvió bruscamente. Dos guardias habían abierto las puertas, dejando paso a su padre.

—¿Qué demonios es esto? —preguntó Rico.

Su padre entró. Los guardias volvieron a cerrar las puertas.

—Estás bajo arresto —dijo el príncipe Eduardo.

—¿De qué se me acusa?

Se hizo un momento de silencio. Su padre le miró con frialdad. Rico nunca le había visto una mirada tan fría.

—Has cometido un delito contra el principado de San Lucenzo.

La voz del príncipe Eduardo era tan fría como su mirada.

—¡Qué!

—Es un delito que data de la época medieval. No se castiga en la actualidad… a menos que se trate de matrimonios de los miembros de la realeza —le dijo su padre.

—No lo comprendo —respondió Rico pronunciando lentamente las palabras.

—Cualquier miembro de la realeza, para casarse, requiere el consentimiento del príncipe regente. Tú no has obtenido mi permiso; por lo tanto, tu matrimonio no es válido.

Rico asimiló aquellas palabras. Después, habló.

–Puedes reconocerlo ahora.

–No voy a hacerlo. El matrimonio es nulo. Te has casado sin mi permiso.

Rico se lo quedó mirando.

–¿Por qué me estás haciendo esto? ¿Es que para ti no significa nada el hijo de Paolo?

–Paolo está muerto… a causa de ese niño. Si esa ambiciosa chica no le hubiera tendido una trampa Paolo, jamás habría perdido la vida.

Rico sacudió la cabeza.

–No sabemos nada sobre su relación. Es perfectamente posible que los dos estuvieran enamorados.

–En cualquier caso, Paolo se casó con ella porque era un caballero. Se casó por su hijo aún no nacido.

El rostro de su padre parecía de mármol, duro y frío.

–Pero no debería haberlo hecho, su primer deber es para con su apellido. Paolo era impetuoso y caprichoso. Por supuesto, yo tengo la culpa de ello. Le mimé… y a la vista están las consecuencias.

Rico sintió un súbito frío en el cuerpo.

–De todos modos, cuando me enteré de la existencia del niño, decidí, aunque con desgana, reconocer el breve matrimonio de Paolo y, por lo tanto, a su hijo como hijo legítimo –continuó el príncipe Eduardo–. Dadas las circunstancias, me pareció lo más aconsejable. Como la madre estaba muerta, no había desagradables complicaciones. Estaba dispuesto a disponerlo todo para que el niño se educara de forma apropiada a su condición, pero sin los mimos que estropearon a su padre, y lo acepté como miembro de la familia real. Desgraciadamente, la ambición de la tía del niño ha resultado ser un serio obstáculo.

Los ojos de Rico endurecieron.

–Es algo más que su tía, es su madre, tiene su custodia. Dejé muy claro que no se la podía separar de Ben, lo que hiciste fue mezquino.

La mirada de su padre brilló fríamente.

–No te permito que me hables así. Sin embargo, supongo que te alegrará saber que el niño ya no es un problema. He revocado mi decisión de reconocer el matrimonio de Paolo –su padre continuó mirándolo fríamente–. Por tanto, el niño es ilegítimo en el principado de San Lucenzo. Su futuro no es asunto mío.

Aquellas palabras fueron pronunciadas con una frialdad que le dejó helado.

–Es tu nieto –dijo Rico–. ¿Es que eso no significa nada para ti?

La expresión de su padre permaneció implacable.

–Los hijos bastardos de los miembros de la realeza no se reconocen. No tiene ningún derecho y no puede reclamar ninguna herencia de Paolo. No obstante, se hará lo necesario para que no le falte de nada y para que, al cumplir la mayoría de edad, se le pase un dinero. La cuestión queda zanjada, no quiero volver a hablar de este asunto. Luca se encargará de todo ello, junto con los abogados. En cuanto a ti, te mantendrás al margen del asunto, no volverás a comunicarte con la mujer ni con el niño. Cuando pase un tiempo y todo se calme, se te levantará el arresto. Es todo lo que tengo que decir.

Rico se lo quedó mirando. La distancia entre su padre y él era abismal.

Entonces, sin más palabras, el príncipe Eduardo salió de la estancia. Las puertas se cerraron tras él y Rico se quedó solo.

Al cabo de unos momentos, las puertas volvieron a abrirse.

Era Luca.

—¿Por qué lo has hecho? —había un tono de resignación en su voz, pensó Rico—. ¿Estás loco o eres tonto? No solo por casarte con esa mujer, sino por presionar a nuestro padre para que lo aceptase. ¡Dios mío! ¿Es que no le conoces? ¿No sabías que jamás cedería ante ti?

—Creía que era capaz de hacer lo que es debido.

—¿Lo que es debido? —repitió Luca—. ¡Dios mío, Rico, no sabes lo que has hecho! Por tu culpa hemos perdido al hijo de Paolo. ¿Tienes idea de lo que me costó convencer a nuestro padre de que reconociera el matrimonio de Paolo? Si no hubieras hecho la locura que has hecho, ahora tendríamos aquí al hijo de Paolo. ¿En serio creías que nuestro padre estaría dispuesto a tener algo que ver con la familia de la madre del niño?

Luca apretó los labios antes de continuar.

–Ahora, gracias a tu estupidez, al hijo de Paolo se le considera un bastardo. Eso es lo que has conseguido. Y es algo que nunca te perdonaré.

La cólera se reflejaba en los ojos de Luca cuando añadió:

–Es hora de madurar, Rico. Es hora de asumir responsabilidades. Es hora de que te dejes de juegos infantiles y de que no permitas que tus deseos sexuales te controlen. Porque eso es lo que ha pasado, resulta evidente. Se ve en las fotos que enviaste. Le cambiaste la imagen y te pusiste a vivir con ella. Bien, espero que hayas quedado saciado porque no se te va a permitir volver a acercarte a ella. De ahora en adelante, esa mujer no existe. Será mejor que aprendas el significado de la palabra responsabilidad, Rico.

Luca se calló y miró duramente a su hermano.

–¿Responsabilidad? –dijo Rico con lentitud–. Mi única responsabilidad, hasta el momento, era permanecer vivo... por si tú, inesperadamente, fallecías... o resultaba que eras homosexual, o te negabas a casarte, o no podías tener hijos... Entretanto, yo pasaba el tiempo como podía. Hasta que... hasta que encontré algo que podía hacer. Algo que solo yo podía hacer: salvar al hijo de Paolo.

Se interrumpió y lanzó una mirada penetrante a su hermano antes de continuar.

–Salvar al hijo de Paolo de la infernal infancia que le teníais preparada. Queríais deshaceros de su madre adoptiva como si fuera basura y condenar a Ben a una infancia mucho peor que la que tenía. ¿Te acuerdas de nuestra infancia, Luca, o la has borrado de tu memoria? Porque yo sí me acuerdo y no estaba dispuesto a permitir que le ocurriera lo mismo a Ben. Como no estaba dispuesto a permitir que le separasen de la única madre que a conocido; una madre que le quiere. No podía permitirlo… y no lo hice. Y no me arrepiento de ello ni un instante. Sobre todo, ahora que ha quedado claro a la clase de bajezas a las que sois capaces de llegar todos en esta familia.

Rico se detuvo y respiró profundamente antes de añadir:

—Y ahora, si no quieres que vuelva a darte una paliza hasta hacerte perder el conocimiento, te sugiero que salgas de mis aposentos.

Rico vio la mueca burlona de su hermano.

—¿Crees que vas a poder utilizar otra vez el pasadizo secreto para escapar, Rico? Esta vez no te serviría de nada, no te sacará del hoyo en el que te has metido. Tu matrimonio ha sido declarado nulo y estás bajo arresto.

Rico palideció.

—Me importa un…

—Permíteme que te explique los derechos que la ley en San Lucenzo otorgan al príncipe reinante respecto a los matrimonios de los miembros de la familia real —dijo Luca, interrumpiéndole.

Y lo hizo con términos precisos y concisos.

Rico escuchó. Mientras escuchaba, se le heló la sangre.

Lizzy estaba muy quieta. Había dejado a Ben en el cuarto de estar viendo un DVD.

–Lo siento mucho –le dijo el capitán Falieri–. Siento mucho ser el portador de tan malas noticias, señorita Mitchell.

Lizzy no dijo nada. ¿Qué podía decir? Sin embargo, tenía que decir algo.

–Entonces… ¿qué va a pasar ahora? ¿Qué nos va a pasar a Ben y a mí? –preguntó ella con voz débil.

–Voy a acompañarles a los dos a Cornwall. Sería conveniente que le pidiera a alguien del servicio que hiciera su equipaje. Por supuesto, todos los artículos personales comprados aquí se consideran suyos.

Lizzy no respondió. Dejaría que Ben eligiera sus juguetes favoritos. En cuanto a ella…

No necesitaba nada. Solo lo que había llevado allí ella misma.

Lizzy se puso en pie tensamente.

–Si me disculpa…

–Por supuesto. Sin embargo… –el capitán titubeó un momento–. Antes de irse, tengo instrucciones de pedirle que firme un documento.

Falieri se sacó un sobre del bolsillo interior de la chaqueta y sacó el documento que había en el sobre. Después, lo colocó delante de ella.

–Hay una traducción junto al documento original, puede leerlo antes de firmar, el contenido es muy claro. El príncipe Eduardo exige ciertas condiciones: usted no tiene derecho a reclamar herencia alguna del padre natural del niño; en caso de que algún miembro de la prensa se ponga en contacto con usted, debe hacérselo saber al secretario de prensa de su Alteza para que este se encargue del asunto; no podrá participar en la publicación de un libro o colaborar con ningún medio de comunicación en temas referentes a su sobrino. Cuando haya firmado, se le pasará una cantidad de dinero para su manutención y la del niño. Cuando su sobrino llegue a la mayoría de edad, a Ben se le adjudicará una cantidad de dinero a estipular por su Alteza.

El capitán Falieri, en silencio, se sacó un bolígrafo de la chaqueta, lo dejó al lado del documento y abrió este por la última página.

–Lo firmaré –dijo Lizzy–. Pero no voy a aceptar ningún dinero. Por favor, dígaselo a su Alteza.

Lizzy firmó el documento y esperó a que el capitán Falieri firmara como testigo.

–Debo volver con Ben –dijo ella, dispuesta a marcharse.

Con seriedad, el capitán Falieri inclinó la cabeza y la vio partir.

Llovía. La casa estaba fría y húmeda.

La expresión de Falieri se ensombreció al llevar las maletas al interior de la casa.

–No pueden estar aquí. Les llevaré a un hotel –dijo él.

Lizzy negó con la cabeza.

–No. Prefiero estar aquí. Estaremos bien.

Lizzy le ofreció la mano.

–Gracias por facilitarnos las cosas –dijo ella simplemente.

El capitán le tomó la mano; pero, en vez de estrechársela, inclinó la cabeza a modo de reverencia.

–Siento mucho… –el capitán se enderezó–. Siento mucho que todo haya terminado así.

A Lizzy se le hizo un nudo en la garganta.

–Gracias –repitió ella–. Será mejor que se marche ya, el piloto debe estar esperándole.

Un avión privado les había llevado a un pequeño aeropuerto militar y, desde allí, el capitán Falieri les había llevado a su casa.

–¿Está segura de que no necesita nada más?

Lizzy asintió.

–Sí, estoy segura. Lo mejor para Ben es romper con todo lo que ha ocurrido cuanto antes, del todo. Volver a como su vida era antes de…

Lizzy no podía continuar. El recuerdo se le hacía insoportable.

Se dio media vuelta y fue a la cocina. Ben estaba sentado a la mesa, con la cabeza en el tablero, triste.

–Ben, el capitán Falieri tiene que marcharse ya. Ve a despedirte de él.

Ben alzó la cabeza.

–¿No podemos irnos con él, mamá? No me gusta estar aquí, hace frío.

Lizzy sintió una enorme presión en el pecho.

–No, cielo. Teníamos que volver a casa, las vacaciones han terminado.

Los ojos de Ben se llenaron de lágrimas.

–No quiero que se terminen –dijo el niño.

Lizzy forzó una sonrisa.

–Todas las vacaciones terminan, Ben. Vamos, ve a decirle adiós al capitán. Ha sido muy amable con nosotros.

Lizzy agarró la mano de Ben y le condujo al vestíbulo.

–Adiós, Ben –dijo el capitán Falieri con seriedad, ofreciéndole la mano.

Ben no se la dio.

–Capitán Falieri, ¿ya no soy un príncipe?

El capitán sacudió la cabeza.

–Me temo que no, Ben.

–¿Y mamá tampoco es una princesa?

–No.

–Era solo durante las vacaciones, Ben –le dijo Lizzy. Era la única explicación que se le había ocurrido.

–¿Y el tío Rico? ¿Él tampoco es un príncipe ya?

Lizzy puso la mano en el hombro del niño.

–Él siempre será un príncipe, cariño. Eso no lo puede cambiar nada.

Por fin, el capitán Falieri salió de la casa. Al

cabo de unos momentos, tras cerrar la puerta, Lizzy oyó el coche alejarse.

Se estremeció.

Las noches eran lo peor. Noches de agonía. Hora tras hora mirando la oscuridad. Recordando.

«Es lo único que tengo, recuerdos».

Los recuerdos eran casi tangibles, agonizantes. Pero sabía que los recuerdos, con el tiempo, empezarían a borrarse. Igual que las fotos antiguas. Se borrarían y acabarían perdiéndose. Perdiéndose.

Igual que él se había perdido, había desaparecido de su vida.

Le buscó con el pensamiento, en el silencio y la oscuridad, al otro lado del mar.

Pero no sabía dónde estaba.

«¿Y qué si lo supieras? ¿Qué iba a cambiar eso? ¿Qué importancia tendría que supieras dónde está? Su mundo le ha reclamado, ha vuelto a su vida, a la vida que siempre ha tenido. Tú has sido… una interrupción en su vida. Hizo lo que hizo para proteger a Ben; ahora, Ben está a salvo otra vez. Ben no le necesita. Él ha vuelto a su vida como Ben a la suya».

«Como tú a la tuya». «Sin él». Solo recuerdos. Nada más que recuerdos.

Ben se dejó llevar, protestando, a la playa. A Lizzy se le había olvidado lo frío que el viento podía ser en aquella época del año, a principios de verano. Se refugió bajo unas rocas.

Miró al mar.

¿Dónde estaría él ahora? ¿En algún lugar de moda frecuentado por la alta sociedad como Monte Carlo, el Caribe, algún lugar exótico? ¿Entre mujeres de la alta sociedad, todas ellas bellas, la clase de mujeres que podía elegir a su antojo, llevando la clase de vida que siempre había llevado?

«Para. No tiene importancia».

«No importa dónde esté ni con quién esté ni lo que esté haciendo».

«No importa».

«No importará jamás, durante el resto de tu vida».

Extendió la manta en la arena y la aseguró por las esquinas con un libro, zapatos y una bolsa.

—¿A quién le apetece un baño? —preguntó Lizzy forzando una alegría que no sentía.

—Hace mucho frío —contestó Ben, sentándose en la manta y cubriéndose con una toalla.

Lizzy le quitó la toalla.

—En ese caso, jugaremos a los trenes. ¿Qué vagones te has traído?

—No quiero trenes, quiero mi fuerte. El fuerte que el tío Rico hizo conmigo.

A Lizzy se le encogió el corazón.

—No podíamos traerlo, Ben. Era demasiado grande, ¿no te acuerdas? Pero trajimos los soldados.

–Yo quiero el fuerte. Lo hicimos el tío Rico y yo juntos.

Lizzy sintió una profunda angustia. No quería pensar en él. Todo había sido un sueño, nada más.

Un cuento de hadas.

Lo único que contaba era el aquí y ahora. La realidad. Tenían que continuar con sus vidas.

–Ya no tenemos el fuerte, Ben, pero tenemos trenes. Venga, vamos a construir raíles –dijo ella con forzada decisión.

Lizzy comenzó a cavar en la arena para que Ben pudiera colocar ahí sus vagones. La arena estaba fría y húmeda. La arena, en la villa, era cálida y seca.

Y Rico había ayudado a Ben a construir raíles.

–Vamos, Ben, échame una mano.

Con desgana, el niño empezó a ayudarla. Lizzy ignoró su expresión tristona. Tenía que hacerlo. Tenía que animarle, despertar su entusiasmo. Se arrodilló de cara al mar dejando que el viento revolviera sus cabellos rizados.

Sabía que estaba empezando a volver a su antigua apariencia. Sin los estilistas y los profesionales de los salones de belleza, volvía a ser la de siempre. Pero no le importaba.

¿Qué le importaba a Ben el aspecto físico que ella pudiera tener?

Y a nadie más podía importarle.

–¿Dónde quieres que pongamos la estación de ferrocarril? –preguntó ella.

–Me da igual –respondió Ben, sentándose al lado de ella–. No me gustan estas vías de tren y no quiero ninguna estación.

–En mi opinión, la estación de tren debería estar donde se ramifican los raíles, Ben. Ese es el sitio perfecto para la estación.

La persona que había hablado tenía una voz con acento extranjero y estaba de espaldas a ambos.

Capítulo 12

NO era posible. Era una ilusión, un producto de su imaginación.
    — ¡Tío Rico!

La voz de Ben era real.

—¡Tío Rico. Tío Rico!

Lizzy bajó la cabeza. Era imposible. Imposible.

—Hola, Ben. ¿Me has echado de menos?

—¡Sí! —gritó Ben con entusiasmo—. ¿Por qué no estabas aquí, tío Rico?

—He tenido que hacer unas cosas, por eso me he retrasado. Lo siento. Pero ahora ya estoy aquí.

Lizzy le sintió colocarse encima de la manta. Ella siguió sin poder moverse.

—¿Vas a quedarte? —preguntó Ben con temor en la voz.

—Todo el tiempo que tú quieras que me quede —Rico hizo una pausa—. Es decir, si a tu madre le parece bien. ¿Te parece bien?

Rico le había puesto una mano en el hombro. Una mano cálida y fuerte. Una mano que la hizo cobrar vida.

–Lizzy…

Por fin, Lizzy alzó el rostro. Rico estaba a unos centímetros de ella, en la manta.

–No deberías estar aquí –dijo Lizzy con voz espesa, casi ahogándose con las palabras–. El capitán Falieri me lo ha explicado todo. Me ha dicho que no te está permitido volver a ver a Ben nunca.

La expresión de los ojos de Rico cambió.

–Bueno, eso depende.

–No, no es cierto, no depende de nada dijo Lizzy–. El capitán lo dejó muy claro, me lo explicó muy bien. No se te permite volver a ver a Ben.

Por el rabillo del ojo, Lizzy vio a Ben hacer una mueca de dolor.

–¿Por qué no puede verme más el tío Rico? –preguntó el niño.

Lizzy vio a Rico extender el brazo y mesar los cabellos del niño.

–Tu madre está equivocada. Estoy aquí, ¿no?

–Pero no deberías estar aquí –insistió ella.

La expresión de Rico cambió de nuevo.

–¿Dónde debería estar que no sea con mi mujer y con mi niño? –preguntó Rico con voz seca.

–No. No.

Rico la miró fijamente. Le lanzó una mirada que la dejó helada.

–¿Creías que iba a quedarme allí? –preguntó él con la misma frialdad en la voz que en la mirada.

–¡Tienes que marcharte! –le gritó ella–. Falieri me lo ha dicho, me lo ha contado todo. Vete. Vete.

Lizzy le devolvió la mirada y, con desesperación en la voz, añadió:

–Me lo ha contado todo. Me ha explicado esa ley que dice que, para casarte, necesitas el permiso del príncipe reinante. Me ha dicho que nuestro matrimonio es nulo.

–Nuestro matrimonio es válido, Lizzy. Nadie puede anularlo –respondió él con decisión de acero.

–Sí que pueden. Tu padre lo ha hecho.

–Lo único que mi padre puede hacer es negarse a reconocer nuestro matrimonio dentro de San Lucenzo, pero no puede anularlo. No tiene poder para ello, Lizzy. Ningún poder.

–Lo ha hecho, lo ha hecho. Me lo ha dicho el capitán Falieri. Tiene poder absoluto sobre ti y tú has quebrantado la ley –Lizzy estaba pasando una auténtica agonía–. Te va a desheredar, Rico. Te va a quitar todas tus posesiones en San Lucenzo. Te lo quitará todo, todo. Te dejará sin nada.

Lizzy vio una extraña expresión en el rostro de Rico. Una expresión que le atemorizó. Su rostro mostraba calma, demasiada calma.

–Falieri está equivocado, hay algo que mi padre jamás me podrá quitar –Rico hizo una breve pausa–. A ti. Mi padre jamás podrá separarte de mí. Eres mi esposa.

–No. No.

–Eres mi esposa y Ben es mi hijo adoptivo. Y nadie, nadie en el mundo podrá separaros de mí.

–No –gritó ella llena de angustia–. No debes decir eso. No te permitiré que digas eso. Tienes que marcharte. Ahora.

Rico lanzó una repentina carcajada y le estrechó las manos.

–Qué mujer tan superficial –dijo él–. Solo me quieres por mi título, ¿eh? Bueno, tengo malas noticias para ti, señora Ceraldi…

–No digas eso. Vete. No es demasiado tarde.

Súbitamente, Rico la estrechó contra sí.

Y la besó.

El beso duró y duró. Ella se hundió en él. Se hundió en los brazos de Rico mientras las lágrimas le corrían por las mejillas.

–Mamá… mamá…

Una pequeña mano le tiró del brazo. La voz de Ben estaba llena de preocupación. Rico la medio soltó para incluir a Ben en el abrazo.

–Y ahora dime –dijo Rico sujetando a Ben con un brazo y rodeándola a ella con el otro–, ¿qué prefieres? ¿No verme nunca más o que me quede con vosotros, aunque sin ser príncipe?

–¿Te vas a marchar otra vez? –preguntó Ben.

Rico negó con la cabeza.

–Nunca. A menos que vosotros vinierais conmigo. Puede que me marche unos días por cosas de trabajo, pero solo por eso. Los dos viviríais conmigo, tú y tu mamá. ¿Te gustaría?

–¿Dónde viviríamos?

–Donde quisiéramos. Bueno, menos en el palacio.

–Yo quiero vivir aquí y en la casa con piscina de las vacaciones –declaró Ben–. Contigo y con mamá siempre.

–Hecho –dijo Rico.

–¡Viva! –exclamó Ben con el rostro iluminado por la felicidad que sentía.

El semblante de Lizzy estaba cubierto de lágrimas.

–No puedes hacer esto. No puedes –dijo ella sollozando.

Rico le apretó el hombro.

–Demasiado tarde, ya lo he hecho –Rico le besó la frente y luego la miró a los ojos–. Y no me vayas a decir ahora que lo que te gustaba de mí era mi título, sería un golpe muy bajo.

Lizzy tragó saliva.

–Ben, ¿por qué no empiezas a construir la estación? –dijo ella con voz temblorosa–. El tío Rico y yo tenemos que hablar. Ya sabes, cosas aburridas de mayores.

–Vale –respondió Ben.

El mundo del niño se había enmendado. Contento, Ben empezó a amontonar arena para construir una estación de ferrocarril. Despacio, Lizzy se apartó de Rico y se colocó lo más lejos posible de él encima de la manta.

–No puedes hacerlo –repitió ella tratando de mostrarse racional–. No voy a permitírtelo. No

puedes dejarlo todo por Ben. Él es muy pequeño, te olvidará pronto. Al principio, le será duro;
pero, con el tiempo, se le pasará. Acabarás siendo un recuerdo.

–Pero yo no me olvidaría nunca de Ben. No
quiero olvidarme de él. No quiero prescindir de
él. Ben es el hijo de mi hermano y quiero ser,
para Ben, el padre que Paolo no pudo ser. En
cuanto a ti… tú, para Ben, eres la madre que tu
hermana no pudo ser. Los dos le queremos… y
los dos nos amamos, ¿no, Lizzy?

Ella abrió la boca para hablar, pero ninguna
palabra salió de su garganta. Lo hizo Rico por
ella.

–No es posible que me hayas besado como lo
has hecho sin amarme. Y tampoco es posible que
le digas a un príncipe que no renuncie a su título
por la mujer a la que ama a menos que tú le
ames a él. Te tengo atrapada, señora Ceraldi.

Rico sacudió la cabeza antes de continuar:

–Todo empezó al principio, aunque no me di
cuenta de ello. Empezó cuando te vi con Ben,
cuando me di cuenta de cómo le querías. Y
cuando utilizaste esa horrible palabra para refe-
rirte a ti misma y a nuestro matrimonio… deseé
hacer todo lo que estuviera en mis manos para
que no volvieras a emplearla nunca. Y obtuve mi
recompensa. Desde el momento en que caminas-
te hacia mí en la terraza, desde el momento en
que me dejaste sin respiración, me perdí. Me dejaste loco –la voz de Rico cambió–. Pero no es

por eso, no es porque estabas preciosa. Porque incluso ahora, con todo el pelo rizado, sin una gota de maquillaje y con esa horrible y enorme camiseta, lo único que quiero es abrazarte y no dejarte escapar. ¿Por qué crees que es?

Lizzy jugueteó con la esquina de la manta y se negó a mirarle.

—La novedad. Tu bondad. Algo así.

Rico dijo algo en italiano que ella no entendió, aunque instintivamente sabía que era algo que no quería oírle repetir a Ben.

—Es amor, Lizzy. Amor pura y simplemente. ¿Y sabes cómo lo sé? Lo sé porque cuando oí a mi padre decir que nuestro matrimonio era nulo quise pegarle.

—Tu padre estaba intentando manipularte, no es de extrañar que estuvieras enfadado.

—Estaba intentando separarme de ti y no se lo iba a permitir.

—Estaba intentado apartarte de Ben.

—De Ben y de ti. Y deja de decirme que no te amo, señora Ceraldi —Rico sacudió la cabeza con un brillo en los ojos que no era de crueldad—. Qué mala opinión tienes de mí. El Príncipe Playboy, eso es lo que piensas de mí, ¿verdad? Admítelo.

Lizzy no encontraba humor en esas palabras.

—No puedes dejarlo todo por nosotros. No puedes.

—Puedo y lo he hecho. He dicho a mi padre y a mi hermano lo que pienso de esa estúpida ley.

Al final, se han lavado las manos y han dado el caso por perdido. He firmado Dios sabe cuántos documentos y ahora, por fin, he podido reunirme contigo.

Lizzy sacudió violentamente la cabeza.

–No, no puedo dejarte hacer esto, Rico. Por favor, vuelve. Vuelve antes de que sea demasiado tarde. Recuperarás tu título y tus derechos en San Lucenzo...

Pero Rico se echó a reír.

–Sí, una mujer muy superficial, señora Ceraldi –Rico lanzó un extravagante suspiro–. Solo te gusto de príncipe y con las manos en los cofres de San Lucenzo, ¿eh? Pues, para tu información, te diré que desde que tenía dieciocho años mi ilusión era no depender económicamente de mi familia. Ya sé que me consideras solo un príncipe Playboy, pero no me he pasado la juventud yendo de fiesta en fiesta. He hecho inversiones y he jugado en Bolsa. Puede que no disponga de tanto dinero como cuando estaba en San Lucenzo, pero te aseguro que tengo el suficiente para que vivamos cómodamente –los ojos de él brillaron–. Incluso cabe la posibilidad de que compremos esa villa en Capo d'Angeli. ¿Te gustaría? De todos modos, mantendremos esta casa, aunque la arreglaremos. Me gustaría pasar tiempo aquí. Estas playas son buenas para hacer surf.

–El agua está demasiado fría.

Rico le tomó las manos otra vez.

–En ese caso, espero que me calientes después. ¿Lo harás? He pasado demasiados días sin ti... y demasiadas noches. Tenemos que recuperar el tiempo perdido.

Lizzy respiró profundamente, rindiéndose por fin. Rindiéndose al amor que sentía por Rico.

–Lo haré, amor mío.

De repente, una mano pequeña tiró de él.

–¿Qué pasa, Ben? –preguntó Rico sonriendo al niño.

–Tío Rico, ¿te has acordado de traerme el fuerte que construimos?

Epílogo

L AS fotos que Jean Paul les había hecho en la villa dieron la vuelta al mundo. Lo mismo que la historia de *El príncipe playboy que renunció a su título por amor*.

Y lo mismo ocurrió con la siguiente serie de fotos que Jean Paul fue a hacerles.

Las fotos del señor y la señora Ceraldi con Benedetto Ceraldi en los jardines de sus dos residencias preferidas: la rebautizada Villa Elisabetta, en Capo d'Angeli, y la recién restaurada casa en Cornwall, en cuyo porche había dos tablas de surf; la más rápida, del señor Ceraldi; la menos, de Benedetto. La tabla de surf de la señora Ceraldi estaba guardada, esperando a que el hermano, o hermana, de Benedetto hiciera su aparición en el mundo; cosa que, a juzgar por la voluminosa figura de la señora Ceraldi, alrededor de la cual el señor Ceraldi tenía un brazo protector, no tardaría mucho en ocurrir.

En cuanto a Benedetto, estaba sentado en el césped con las piernas cruzadas lanzando un ataque a un fuerte de cartón ferozmente defendido por unos soldados de colores brillantes. Su sonrisa tan grande como su rostro.

La sonrisa de un niño feliz en el seno de una familia feliz.

El mayor regalo de todos los posibles.

Bianca

Él encontró algo mucho más dulce que la venganza

Carla Nardozzi, campeona de patinaje artístico, había perdido la virginidad con el aristócrata Javier Santino. Afectada por una tragedia familiar, se entregó a una apasionada noche de amor. Pero, a la mañana siguiente, se asustó y huyó a toda prisa.

Tres años después, las circunstancias la obligaron a pedirle ayuda. Javier, que no había olvidado lo sucedido, aprovechó la ocasión para vengarse de ella: si quería salvar su casa y su estilo de vida, tendría que convertirse en su amante.

MÁS DULCE QUE LA VENGANZA
MAYA BLAKE

MÁS DULCE QUE LA VENGANZA
MAYA BLAKE

Acepte 2 de nuestras mejores novelas de amor GRATIS

¡Y reciba un regalo sorpresa!

Oferta especial de tiempo limitado

Rellene el cupón y envíelo a

Harlequin Reader Service®
3010 Walden Ave.
P.O. Box 1867
Buffalo, N.Y. 14240-1867

¡Sí! Por favor, envíenme 2 novelas de amor de Harlequin (1 Bianca® y 1 Deseo®) gratis, más el regalo sorpresa. Luego remítanme 4 novelas nuevas todos los meses, las cuales recibiré mucho antes de que aparezcan en librerías, y factúrenme al bajo precio de $3,24 cada una, más $0,25 por envío e impuesto de ventas, si corresponde*. Este es el precio total, y es un ahorro de casi el 20% sobre el precio de portada. !Una oferta excelente! Entiendo que el hecho de aceptar estos libros y el regalo no me obliga en forma alguna a la compra de libros adicionales. Y también que puedo devolver cualquier envío y cancelar en cualquier momento. Aún si decido no comprar ningún otro libro de Harlequin, los 2 libros gratis y el regalo sorpresa son míos para siempre.

416 LBN DU7N

Nombre y apellido	(Por favor, letra de molde)
Dirección	Apartamento No.
Ciudad	Estado	Zona postal

Esta oferta se limita a un pedido por hogar y no está disponible para los subscriptores actuales de Deseo® y Bianca®.
*Los términos y precios quedan sujetos a cambios sin aviso previo.
Impuestos de ventas aplican en N.Y.

SPN-03   ©2003 Harlequin Enterprises Limited

Deseo

GABE

En busca del placer

DAY LECLAIRE

A pesar de que una vez se escapó de su lado, Gabe Piretti no había olvidado la mente despierta ni el cuerpo estilizado de Catherine Haile. Estaba tramando cómo conseguir que volviera a formar parte de su vida, y de su cama, cuando ella le pidió ayuda para salvar su negocio. Gabe se aprovechó de su desesperación para conseguir lo que quería: a ella. Pero ¿qué pasaría cuando tuviera que elegir entre el trabajo y el placer de una mujer tan seductora?

Era rico, implacable y despiadado, pero ella conseguiría ablandarle el corazón

¡YA EN TU PUNTO DE VENTA!

Bianca

Poseo tu empresa. Te poseo a ti.

Cada vez que Elle St. James miraba a aquel hombre que había considerado de su familia, se enfurecía. Apollo Savas había destruido la empresa de su padre de forma despiadada, pero ella aún mantenía el último pedazo.

Elle estaba decidida a detener a su hermanastro, que además de ser su peor enemigo también era su fantasía sexual. Aunque prohibido, su deseo era mutuo y dio lugar a una noche ilícita de placer que dejó a Elle con consecuencias para toda la vida.

Había quedado atada a Apollo para siempre. ¿Nueve meses sería tiempo suficiente para que Elle perdonara a ese griego avasallador?

FANTASÍA PROHIBIDA
MAISEY YATES